아무도 나에게 생활비를 주지 않는다

아무도 나에게
생활비를 주지
않는다.

이종은
장편소설

캘리포니아

나를 전공하고 있습니까?

1부
아무도 나에게 생활비를 주지 않는다

49평 아파트 그리고 · 11　　특별한 아이 · 14
공부보다 옷 · 20　　오 마이 썬 · 26　　뜻밖의 선물 · 34
내 이름은 산본 · 39　　김밥 꽁다리 · 59

2부
날아올랐어?

내가 너를 어떻게 키웠는데 · 69　　경단의 기억 · 77
내 탓이 아니야 · 85　　가출하셨어요 · 92
날아올랐어? · 97

3부
나를 전공하고 있습니까?

monologue 서희 · 107　　monologue 서현 · 117
monologue 서준 · 125　　monologue 하이 · 137
The way we were · 147　　나를 전공하고 있습니까? · 164

4부
초대합니다

초대합니다 · 173   캘리포니아 로드 · 183   엄마 덕분에 · 196
걷기 회사 알바생 · 210   My angel · 219

5부
여기가 거기니?

monologue 서희 · 231   monologue 서현 · 239
monologue 서준 · 246   monologue 하이 · 250
여기가 거기니? · 255

1부

아무도 나에게 생활비를 주지 않는다

49평 아파트 그리고

거실 소파에 혼자 멍하니 앉아있다. 내 나이가 벌써 70이라니. 믿기 힘들다.
남편이 세상을 떠난 지도 어언 10여 년.
네 자식도 이제 다 독립시킨 지 1년이 흘렀다.
아이들과 함께 머물던 남편의 손때가 묻어있는 집을 떠나기 힘들어 이 변두리 신도시를 떠나지 않았다. 한때는 여섯 식구가 살던 49평 아파트가 오늘따라 유독 커 보였다.

며칠 전 큰딸, 서희가 물었다.
"엄마, 30년 전으로 돌아가서 다시 선택할 기회를 준다면 엄마는 어떤 삶을 살고 싶어?"
바로 대답이 나오지 않았다.
"글쎄다. 그런 생각을 해 본 적이 없구나...."
"엄마의 꿈은 뭐였어?"
"내 꿈? 내 꿈이라... 내 꿈이 뭔지 기억도 안 날 정도로 남편 뒷바라지하고 너희들 키우느라 정신없이 열심히 산 것 같아. 나의 삶은 너희들이지."
큰딸은 엄마의 그런 답변이 마음에 들지 않는다는 듯 샐쭉이 입을 내민다.

그런데 큰딸의 그 질문이 며칠 동안 머리를 떠나지 않았다.
내가 30년 전으로 돌아가면 40이구나. 두 번째 40대를 살게 된다면?
남편한테 그렇게 의지하며 살지 않을 것 같다.
자식한테 그렇게 목매며 살지 않을 것 같다.
내가 하고 싶었던 일을 작게라도 시작했을 것 같다.
그리고 무엇보다도 나의 인생을 다 바쳤는데도 70의 나이에 생활비 한 푼도 못 받는 할머니로 늙도록 하지는 않을 것 같다.

49평의 아파트가 오늘따라 유독 커 보였다.

지금에서야 나의 꿈이 뭐였냐고?
나에게 너희들이 전부였는데. 그랬는데.

내게 남은 건 49평의 아파트 하나뿐.

아무도 나에게 생활비를 주지 않는다.

특별한 아이

큰딸 서희는 우리 부부에게 어렵게 왔다. 위에 두 아이가 유산되고 우리에게 찾아온 서희는 나와 남편의 빛이었다. 아들을 우선시하던 그 시절, 남아냐 여아냐는 우리에게 중요하지 않았다. 아이 그 자체로 경이로운 존재였다.

서희가 태어났던 순간을 잊지 못한다.
우리의 첫아이. 어렵게 얻은 첫아이.
첫아이는 그 자체로 특별했다.
서희는 놓으면 날아가 버리기라도 할 것 같아 그렇게 품 안에서 끼고 키웠다. 그 아이의 순간순간을 기억한다.
첫 미소, 첫 옹알이, 첫걸음마....

감동이었다.

이쁜 아기는 크면서 이쁜 짓만 골라서 했다. 공부 욕심이 많아서 시키는 과외 이외에도 스스로 밤새워 공부했다. 언제나 전교 1, 2등을 놓치지 않았다. 서희는 우리 집의 자랑거리였다. 애 아빠에겐 어깨에 힘 들어가게 하는 존재였고 엄마에겐 고생이 헛되게 느끼지 않게 하는 존재였다.

세상에 호기심이 많은 아이. 책도 어찌나 다양한 분야로 많이 읽던지 서희가 구해 달라는 책들을 구해주기 바빴다. 서희는 음악도 좋아했다. 피아노를 가르쳤다. 서희는 잔잔한 피아노곡을 들으며 책을 읽었다. 서희는 그림도 좋아했다. 그림도 가르쳤다. 우리는 서희가 그린 그림을 소중히 액자에 넣어 거실에 걸었다. 서희를 가르치는 학교, 학원 선생님 모두 서희를 입에 침이 마르도록 칭찬했다. 잘난 아이의 뒷바라지는 허리가 휘었지만 보람 있었다.

우리 부부는 서희가 다 자기를 닮아서 잘났다고 주장했다. 남편은 자기를 닮아 외모가 출중하고 머리가 좋은 거라며 나는 나를 닮아 책을 좋아하는 거라며 우리는 그렇게 우겼었지. 행복했다. 누구를 닮았던 우리 애는 특별하다. 어떻게 우리의 우성 인자만 물려받은 아니 우리를 뛰어넘는 이런 보물이 내 배 속에서 태어났는지 신기할 따름이었다. 우리 부부는 이 아이를 잘 키우는 것이 사명이라도 되는 것처럼 최선을 다했다. 좋은 학군으로 이동하기 위해 이사하고 이사했다. 좋은 환경을 만들어주고 싶었다. 좋은 학군이 좋은 환경인 줄 알았다.

아이는 최고의 수능 점수에, 내신 1등급에 원하는 대학은 어디든 갈 수 있었다. 당연히 서울대지. 우리 부부는 원했다, 서울대를. 아이도 원했다, 서울대를. 그런데 아이의 전공 선택은 생각지도 못한 과였다.

"미학과? 뭐 배우는 곳인데?"
아이 아빠가 탐탁지 않다는 듯이 말했다.
그이는 서희가 법대에 들어가기를 원했다. 서울대 법학과. 그의 꿈이었지. 그는 서희가 그의 꿈을 이뤄줄 것으로 내심 기대했다. 나도 마찬가지였다. 서희가 법학이나 경영을 전공하기 바랐다. 변호사나 판사가 된 서희, 대기업의 인재가 된 서희, 어울렸다. 멋졌다. 미학과라... 나는 미학과가 뭐 배우는 곳인지 잘 몰랐다. 아니 그런 과가 있는 줄도 몰랐다. 뭔가 예술적 냄새가 풍기는데 졸업하고 제대로 취업이나 할 수 있을는지. 나는 남이 인정하고 우러러보고 전문적이며 안정적인 그런 직업을 가지기를 원했다. 우리 서희가.

서희의 고집을 우리 부부는 꺾지 못했다. 우리는 서희의 서울대 입성만으로 만족해야 했다. 주위에서 말했다. 그래도 서울대잖아. 아, 우리 서희 성적으로 법대. 경영대도 수석 할 수 있는데. 좀 아쉬웠다. 남들이 우리를 더 부러워할 수 있었는데. 좀, 아니 많이 아쉬웠다.

고등학교 때도 책상 붙박이였던 서희는 대학교 때도 마찬가지였다. 그 이쁜 외모에 치장도 하고 미팅도 하고 좀 놀면 좋으련만 책 속에 해답이라도 있는 거처럼 책만 파고들었다. 주말에는 집에 박혀서 또 영화만 보더라. 그녀의 방 안에는 이쁜 옷과 가방 대신 책과 영화 비디오테이프가 쌓여있었다.

그러던 어느 날 졸업을 앞두고 통보를 했지.
"저 미국 대학원에서 어드미션 받았어요. 유학 가서 영화 전공하고 싶어요."

미국? 영화?
아니 이게 무슨 소리인가. 유학이라니. 그것도 전공이 영화라니. 유학비는?
서희는 그랬다. 하고 싶은 걸 묵묵히 열심히 했다. 하지만 자신이 선택한 걸 뒷바라지하기 위해 우리 부부가 얼마나 허리띠를 졸라매고 있는 걸 모르는 것일까. 밑에 동생들 대학 학비도 대야 하는데.

"저 미국에서 너무 영화 공부하고 싶어요. 정말 좋은 영화를 만들고 싶거든요. 첫 학비랑 생활비만 도와주시면 다음 학기부터는 알바도 하면서 어떻게든 제힘으로 해볼게요. 제발요." 애 아빠는 완강하게 반대했다. 하지만 시들시들 말라가는 서희를 보고 결국은 항복했다. 애 아빠는 언제나 그렇듯이 서희 바보였거든.

서희는 그렇게 떠났다. 우리 서희는.

우리 서희는 여전히 아직도 그녀의 작업실에서 책상과 붙박이가 되어 있다. 도대체 왜 세월이 흘러도 또 흘러도 우리 서희는 책상에만 붙어있을까? 그 좋은 영화는 도대체 언제 완성되는 것일까? 시나리오를 고치고 또 고친단다. 아직 자신의 시나리오를 알아보는 제작자를 만나지 못했단다. 세상이 자신을 알아보지 못한단다. 계약 직전까지 갔다가 엎어지고 또 엎어졌다. 애 아빠는 서희의 영화를 보지 못하고 세상을 떴다.

서희는 바깥세상이 어떻게 돌아가는지도 모르고 그렇게 자신의 원룸에서 자신이 만든 시나리오에 갇혀서 나오지 못하고 있다. 홀로 외로이.

애닯다.

그녀는 나에게 생활비를 줄 수 없다. 그녀 자신의 생활비마저 대기 힘든데.

아무도 나에게 생활비를 주지 않는다.

공부보다 옷

첫째라 더욱 특별했던 서희의 뒤를 이어 2년 뒤 서현이 태어났다. 아들이기를 바라는 모두의 기대를 받고 태어난 둘째 딸. 태어날 때부터 서희와는 다른 대우를 받았다. 애 아빠는 티 안 내려고 했지만 실망하는 것 같았고 시부모님은 실망하는 표정을 역력히 티 내셨다.

"집안의 뒤를 이을 아들이어야 했는데…."

시어머니의 냉랭한 목소리에 미역국이 넘어가지 않았다. 서현의 탄생에 대한 기쁨을 즐기기보다는 셋째는 꼭 아들을 낳아야 한다는 부담감에 억눌렸다.

서현의 첫 미소, 첫 옹알이, 첫걸음마….

그녀의 첫 순간을 서희처럼 즐기지 못했다. 아직 어린 예민한 성격의 서희에게는 손이 많이 갔고 게다가 아들을 낳아야 한다는 부담감이 서현의 첫 순간의 즐거움을 능가했기 때문이다.

서희만큼은 못해도 서현의 뒷바라지도 애를 썼다. 하지만 서현이는 도통 공부에 관심이 없었다. 꾸미고 멋 내는 데에만 관심을 두었다. 애를 써도 성과가 없으니 뛰어난 성적을 보여주는 서희에게 자연스레 더 관심을 기울이게 되었다. 우리 부부는 무의식적으로 말했다.
"언니 좀 봐라. 너는 왜 언니처럼 못하니?"
"커서 뭐가 될래?"
공부에 관심 없고 공부 못하는 서현을 생각하면 속상하기만 했다.
서희는 용돈이 생기면 책을 샀다.
서현은 용돈이 생기면 옷을 샀다.
서현은 형편없는 성적으로 학창 시절을 보내더니 결국 대학 1지망, 2지망 다 떨어지고 전문대에 입학했다. 우리는 재수하고 다음 해에 4년제 대학에 가자고 했지만 그녀는 시간 낭비하고 싶지 않다고 했다. 나는 솔직히 서현이가 전문대에서 어떤 전공을 선택하는지 관심도 없었다. 무엇을 전공하든 그리 뭐 중요한가. 전문대인데.

그때 나는 그런 바보 같은 생각을 했더랬다.

그녀는 의상학과를 선택했다.
대학에 들어가도 책상 붙박이인 서희와 달리 서현은 책상과 완벽히 졸업을 했다.
서현은 이리저리 알바 뛰느라 바빴다. 옷 가게, 카페, 의류회사, 레스토랑 등등.
서희도 알바를 하나 하긴 했다. 과외 알바. 일주일 두 번, 두 시간씩 고등학생 영어, 수학 알바. 서희의 알바비 하나가 서현의 수많은 알바비 다 합친 것을 능가했다. 이런 것이 서울대의 힘이지. 서희의 알바가 참으로 품격 있다고 생각했다.

서현은 그녀가 번 돈으로 사고 싶은 브랜드의 옷과 가방을 샀다. 그녀는 점점 화려해졌다.
"왜 이렇게 치마가 짧아?"
"옷 색깔이 튀지 않니?"
우리 부부는 그녀의 옷 입는 스타일에 잔소리를 해댔다. 서현은 왜 이렇게 엇나가는 걸까?
그녀는 방학만 되면 해외로 나갔다. 배낭 하나 둘러매고 지난 학기에 번 알바비를 다 쓰고 오는 것 같았다.
"돈을 그렇게 허투루 낭비하면 되겠니?"

"그 시간에 공부라도 해서 4년제로 편입하는 것이 어떻겠니?"
나는 서현이가 힘들게 번 돈을 그렇게 낭비하는 것이 싫었다. 힘들게 번 돈을 쇼핑과 여행에 다 써버리다니. 공부하기 싫으면 그 돈이라도 차곡차곡 모아서 저축을 해야지. 그 스펙으로 좋은 직장 들어가기도 힘들 텐데.
나는 서현이를 이해하기 힘들었다.

졸업과 함께 서현은 의류 회사에 취직했고 또 월급 받은 돈을 쇼핑과 해외여행으로 소비하는 것처럼 보였다. 직장인이 되자 그녀가 쇼핑하는 브랜드가 달라졌다. 음... 명품 가방도 보였다. 서희는 명품 가방 하나 없었다. 아니 명품에 관심조차 없었다. 서현은 명품 가방을 두르고 회사에 다녔고 휴가를 받으면 또 해외여행을 떠났다.

그러던 어느 날, 서현도 통보를 했다.
"저 결혼할래요."

결혼?
서현에게 남자 친구가 있는 줄도 몰랐다.
서현이 데리고 온 남자친구는 중국인이었다. 아니 정확히는 중국계 미국인. 그가 미국에 살고 있는 차이니즈 어메리칸이라고 영어로 말했다. 대화 중 단어 몇 개만 들렸다. 서현이가 통역해 줬다. 서현보다 어렸고 아직 석사과정인 학생이었다. 상하이로 여행 갔을 때 만났다고 했다.

그렇게 말도 통하지 않는 외국인 사위를 맞았다. 생각지도 못한 외국인 사위. 탐탁지 않다.
서현은 남편이 졸업할 때까지 회사를 그만두지 않겠다고 했다. 그래서 서현은 한국을 떠나지 않았다. 그들 부부는 각자 생활하면서 한국, 미국, 중국을 오가며 만났다. 아이를 가지는 것에도 별로 관심이 없었다. 딩크족이라 뭐라나.

그러던 어느 날, 서현은 또 통보를 했다.
"저 사업할래요."

사업?
그녀는 그렇게 쇼핑몰 사업을 시작했고 밤마다 동대문 시장에 갔다. 그리고 포대자루 같은 걸 둘러매고 돌아다녔다. 집에 가보면 방에 옷과 박스가 굴러다니고 어수선하기가 이를 데 없었다. 왜 회사에 진득이 다니지 못하고 시장을 전전하며 사서 고생을 하는지 이해할 수가 없었다. 회사에서 승진도 앞두고 있었고 회사도 알아보니 내실이 튼튼한 회사였다. 남편이 있는 미국으로 발령을 받을 수도 있었다. 서현이는 언제나 내가 이해하기 힘든 아이였다.

속상하다.

그녀는 나에게 생활비를 줄 수 없다. 쇼핑몰 꾸려나가기도 벅차 보인다.

아무도 나에게 생활비를 주지 않는다.

오 마이 썬

오 마이 썬, 오 나의 아들.
서준은 서현이 태어난 다음 해에 태어났다. 모두의 축복을 받고.
얼마나 아들이 태어나기를 바랐던가. 아들이 태어나자 가슴 한구석을 누르고 있던 뭉치가 사라지는 느낌이었다.

서준의 첫 순간도 모두의 환호를 받았다.
첫 미소, 첫 옹알이, 첫걸음마….
서준의 순간들을 사진도 어찌나 많이 찍었던지.
서현에게 미안했다. 첫아이라는 특혜를 받은 서희, 아들이라는 특혜를 받은 서준 사이에 끼어 서현의 순간들은 그 두 아이만큼 축복받지도 기록되지도 않았다. 가슴 한쪽이 시리다.

예민한 성격의 서희와 달리 서준은 둥글둥글하고 모난 곳이 없었다. 질투심이 좀 강하긴 했지만 그건 성장의 동력이라 생각했다. 공부도 운동도 빠지는 게 없었다. 이렇게 잘난 아이가 나의 아들이라니. 학교로 가는 발걸음이 가벼웠다. 서희와 서준의 엄마로 선생님과 학부모들 사이에서 언제나 대접받았다.

서준은 연대 경영대에 들어갔다.
서울대 못 간 게 좀 아쉽긴 하지만 그래도 뭐 스카이 아닌가. 미팅 한 번 안 하는 고고한 서희와 달리 서준은 대학 생활을 즐겼다. 서준 주위에는 서준을 쫓아다니는 여자들이 항상 있었다. 당연했다. 명문대생이지, 인물 좋지, 운동 잘하지. 객관적으로 봐도 너무 잘난 남자였다. 그 당시에는 핸드폰이 없던 시절이라 아이들에게 걸려 오는 전화도 집 전화로 왔다. 가끔 아니 자주 누군가 전화를 걸어놓고 말없이 끊었다. 서희, 서현, 서준 다 인기가 많아서 그 아이들을 흠모하는 아이들이 전화를 걸었을 테지만 아마도 서준 전화가 제일 많았으리라. 아이들이 애 아빠를 닮아서 다 인물이 출중했다.
뿌듯해. 밥 안 먹어도 배불러.

대학 졸업을 앞둔 어느 날 서준이 말했다.
"저 유학 가고 싶어요. 누나처럼. 교수가 되고 싶은데 유학을 다녀와야 서울에 있는 대학에 교수 자리 얻을 수 있거든요. 국내 대학원을 나와서는 인서울에 교수 자리 얻기 힘들어요. 아무리 실력이 있어도."

나도 서준이 원하는 유학을 보내주고 싶었다. 하지만 그럴 여유가 없었다. 서희의 유학비로 이미 허리가 휘고 있었다. 서희는 졸업반이었다. 그런데 서희의 졸업을 앞두고 졸업식에 참석하려고 미국 갈 준비를 하고 있던 남편이... 세상을 떴다. 그이는... 5년 전에 위암 판정을 받고 혼자서 죽음을 준비하고 있었다. 너무나 갑작스러운 일이라 현실을 인정하기가 힘들었다.

서희 유학 마쳐가고, 서현이 졸업했고, 서준도 졸업반이라 이제 학비 뒷바라지는 끝난 줄 알았다. 애들 공부 마쳤으니 애 아빠와 여유롭게 이제 여행도 하며 살 줄 알았다. 그런데 애 아빠가, 나의 남편이 나의 사랑이 한순간에 사라져버렸다.
정신적인 여유도 경제적인 여유도 없었다. 이제 함께 의논할 상대가 없다. 생활비를 줄 사람도 없다. 모아둔 돈도 없다. 저축할 새가 어디 있었던 말인가. 애들 뒷바라지로 들어가는 돈도 빠듯했는데. 아이들은 번듯한 큰 집에, 대기업 임원으로 있는 아빠에, 우리 집이 재산 꽤나 있는 부자로 알고 있나 보다. 애 아빠나 나나 물려받은 돈 없이 우리 힘으로 일구면서 살아왔는데.

애 아빠의 퇴직금으로 작은 상가 하나를 샀다. 임대비가 월 200만 원. 그 돈으로 생활해야 한다. 서준은 연대 대학원으로 진학했고 조교와 강사를 하면서 학비를 보탰다. 원했던 유학파가 되지 못하고 국내에서 박사 학위를 받았고 결국 서준이가 말한 대로 인서울 대학에서 교수 자리를 얻지 못했다. 그래도 교수가 되었다. 국립 지방대의. 난 아들이 교수가 된 것이 자랑스러웠지만 아들은 만족스러워 보이지 않았다. 자신보다 실력이 뒤떨어지는 유학파들이 서울에 있는 교수 자리를 꿰찬 것이 불만스러워 보였다.

서준이 지방대에 근무하러 내려가면서 나의 아들 서준과 떨어져 살게 되었다. 서희는 작업실 겸 쓰겠다고 원룸을 구해서 나갔고 서현이는 결혼했다. 혼자가 되었다. 하지만 여전히 바빴다. 서희 냉장고에 밑반찬도 만들어 넣어 주어야 했고 서준이 살림도 봐주기 위해 주기적으로 지방으로 가야 했다. 이 두 아이는 여전히 나의 손길을 필요로 했다. 임대료 받은 돈은 그 두 아이의 식비로 제일 많이 쓰였다. 서현이는 자기 집 냉장고는 채워 줄 필요가 없다고 했다. 자신이 챙겨서 먹는 식단이 따로 있다고 했다.

그러던 어느 날, 서준이도 통보를 했다.
"저 결혼할 여자가 있어요."

결혼?
서준이 여자 친구가 있다고는 들었지만 결혼 소식은 갑작스러웠다. 아직 여자 친구 얼굴 한 번을 본 적이 없다.

아, 그런데 기도 안 찼다. 우리 서준이가 결혼하겠다는 여자가 글쎄, 아, 띠동갑 연하에, 그건 그렇다 치고 전문대를 나왔단다. 직장 경력도 없고... 아....
그렇게 갑작스런 상견례를 했다.
서준이 여자친구가 인사 오는 날, 서희와 서현도 참석했다.

그녀의 이름은 지연이었다. 윤지연.
아, 시쳇말로 쭉쭉빵빵이었다. 우리 애들도 어디 가서 외모로 안 뒤지는데 그녀도 우리 애들에게 뒤지지 않는 외모였다. 그런데 분위기가 완전히 달랐다. 글쎄, 어른에게 처음 인사 오는 자리에 미니스커트를 입고 오는 사람은 어떤 가치관을 가진 사람일까? 게다가 가슴골이 파인 옷을 입고. 그녀가 몸을 움직일 때마다 가슴이 출렁거렸다. 내 마음은 철렁거렸다. 가방은 서현이가 메고 다니던 브랜드의 명품 가방이었다. 깊이 없는 가벼움이랄까, 말에는 그런 게 느껴졌다. 말이 통하지 않는 외국인 사위에 이어 나이 어린 날라리 며느리라니. 헛웃음이 나왔다.

"안된다. 다시 생각해 봐."
그녀가 돌아가고 나서 서준에게 말했다.
"나도 명품 좋아하지만 걘 좀 심하더라. 가방뿐 아니라 옷도 싹 다 명품이야. 걔가 다 두른 거 얼만 줄 알아? 걔 직업도 없다며? 너 앞으로 그거 감당할 수 있어? 난 반댈세. 근데 이쁘긴 정말 이쁘더라."
서현이 말했다.
"너의 짝으로 어울리는 것 같지 않아. 다시 차분히 잘 생각해 봐."
서희가 말했다.
"착해. 애교도 많고. 아직 철이 좀 없을 뿐이야."
서준이 낮은 목소리로 말했다.

"여자친구가 아니고 부인이 되는 거잖아. 너랑 말이 통할까?"

서희가 차분하게 다시 말했다.
"나도 짧은 반바지 좋아하지만 상견례에 입고 갈 만큼 그렇게 정신없지는 않아. 옷은 T.P.O에 맞게 입어야지. 음, 결혼은 아니라고 봐. 아니야, 아니야."
서현도 거들었다.
나는 더 이상 입도 열고 싶지가 않았다.

"결혼... 해야만 돼."
서준이 천천히 힘을 주며 말했다.
"왜? 뭐 사고라도 친 거 아니지?"
서현이 다그치듯 말했다.
서준이 아무 말이 없다.
"뭐야? 진짜야?"
이제 우리 모두가 할 말을 잃었다.
"지연이가 임신했어. 쌍둥이래. 결혼... 해야만 돼."

난 그렇게 나이 어린 날라리 며느리를 얻고 얼마 지나지 않아 쌍둥이 할머니가 되었다.

기가 차다.

서준이는 나에게 생활비를 줄 수 없다. 얼마 되지 않는 교수 월급으로 마누라 쇼핑시켜 줘야지, 쌍둥이 키워야지, 그냥 보기에도 빠듯해 보인다.

아무도 나에게 생활비를 주지 않는다.

뜻밖의 선물

나에게 서희, 서현, 서준만 있는 게 아니다.
마흔 넘어서 뜻밖의 선물이 찾아왔다. 늦둥이, 하이.
전혀 기대하지 않던 선물이었다. 우리는 그 선물을 받기로
했다.

남편이 말했다.
"여보, 우리 이 아이가 딸이든 아들이든 이름을 하이로 짓는
게 어때요?"
"서희, 서현, 서준과 너무 동떨어진 이름이잖아요. 왜 돌림자
로 하지 않구요. 왜 하이예요?"
난 의아하다는 듯이 말했다.

"있잖아, 여보. 난 종종 이런 생각이 들어. 우리가 너무 아이들을 우리가 원하는 방향으로 이끄는 게 아닌가 하고. 학교 공부에 지친 아이들을 보면 마음이 짠해. 우리 모두가 이렇게 사는 게 맞나 싶기도 하고. 이 아이만은 어떤 것도 강요하지 않고 하고 싶은 방식대로 공부하고 놀게 그냥 두는 게 어떨까. 어떤 제한도 두지 않고 아이를 풀어 놓는 거야. 물론 필요한 도움은 주고 말이야. 너 원하는 대로 높이 날아올라라, 그런 마음을 담은 이름, 하이. 어때요?"
"일종의 교육 실험처럼 들리는데. 우리 아이를 상대로 실험을 하는 게 맞나요? 그러다가 잘못되기라도 한다면."
"아이가 스스로 길을 찾아가게 하는 기 아이에게 더 좋을 수도 있어. 우리에게도."

그렇게 우리의 하이는 탄생했다.
남자아이였지만 딸이든 아들이든 우리에게 더 이상 그것이 중요하지 않았다.
하이는 위에 세 아이들과 달리 학원을 전혀 보내지 않았다.
대신 책을 자주 읽어주었다.
방 벽에 그림을 그려도 아무 말도 하지 않았다. 아니 잘 그렸다고 칭찬해 주었다.
하이가 그림을 그릴 때 팝송이나 클래식을 틀어 주었다. 팝송을 들으며 하이는 영어에 관심을 보였고 클래식을 들으며 악기에 대해 물었다.
라디오를 분해해도 화내지 않았다.
남편은 하이에게 컴퓨터를 사다 주었다.
컴퓨터도 분해되었다. 화내지 않았다.
게임하는 시간이 길어 보였다.
관여하고 싶었다. 남편이 내 손을 꽉 잡았다.

이게 맞는 방법일까, 의구심이 들었지만 우리 하이는 건강하고 마음 따듯한 아이로 잘 자라 주었다. 가끔 하이가 하는 말을 들으면 가슴이 찌르르, 할 때가 있다. 어떻게 그런 표현을 할 수가 있지. 덧칠되지 않은 하이가 보는 세계는 나에게도 다른 세계에 대해 생각해 보는 시간을 주었다.

하이는 컴퓨터공학을 전공으로 카이스트에 입학했다. 남편이 살아있다면 얼마나 기뻐했을까. 그런데 1년을 다니고 군대 다녀오고 나서 자퇴했다. 휴학도 아니고.
그때도 정말 너무나도 관여하고 싶었다. 내가 내 손을 꽉 잡았다.

하이는 카이스트 1학년 동기들과 회사를 차린다고 했다.

사업이라.... 왜 그 좋은 대학을 버리고, 왜 그 안정적인 대기업을 멀리하는지.
사업하면서 집에 손을 벌린 적은 한 번도 없었다.
힘드냐고 물으면, 웃었다.
첫 번째 사업을 말아먹었다고 했다.
그래도 웃더라.
두 번째 사업을 말아먹었다고 했다.
그래도 웃더라.
난 또 내 손을 꽉 잡았다.

세 번째 사업을 시작했다.
창업 동기들은 첫 번째 사업 멤버들 그대로라고 했다.
하이는 한 달에 집에 몇 번 들어오지 않는다. 사무실 안에 숙소를 만들어 침대를 몇 개 집어넣고 일하다 자고 또 일어나서 프로그래밍을 한다고 했다.
힘들지 않냐고 또 물었다.
힘든데 재미있다고 했다. 그러면서 또 웃었다.

안쓰럽다.
그런데
부럽다.

하이는 나에게 생활비를 줄 수 없다. 하지만 나 역시 하이에게 별로 해준 게 없다. 그는 학원도 다니지 않았고 대학 입학금마저 들지 않았고 사업 자금도 대준 적 없다. 알아서 컸다.

아무도 나에게 생활비를 주지 않는다.

내 이름은 산본

한 달에 한 번, 첫째 주 금요일, 오공주의 모임이 있다.
오공주는 서준이 유치원 동기 다섯 엄마들 모임이다. 강남에 위치한 한 유치원에서 시작한 인연이 벌써 몇십 년째이다. 아이들끼리는 별로 안 만나는 것 같은데 우리는 몇십 년째 만남을 이어오고 있다. 그 시절은 우리 모두 풋풋했다. 공주 같은 삶을 살자며 모임 이름을 오공주라 줬했다.
공주 같은 삶이라....
그 시절은 우리 모두 같은 지역에 살았다. 강남.

오공주는 이제 뿔뿔이 흩어져 살고 있다.
우리는 우리의 이름을 잃어버린 지 오래다.

사실 그 시절에도 우리의 이름은 없었다.
그 시절에는 아이의 엄마 이름으로 불렸다. 서준이 엄마.
지금은 지역 이름으로 불린다.
강남, 판교, 과천, 분당 그리고 산본.
내 이름은 산본이다.

오늘은 모임이 있는 날이다.
궁금했다. 강남, 판교, 과천, 분당은 생활비 받고 있는지.

강남이야 뭐, 밥 안 먹어도 배부르지. 강남은 강남을 떠나지 않은 유일한 멤버다. 강남 아파트에서 혼자 우아하게 즐기겠지. 우리가 살던 강남 집값을 생각하면 아, 속이 치밀어 오른다. 아 그 강남 집값이 지금 얼만데 난 현재 생활비나 걱정하는 신세나 되어있고.

판교야 뭐, 강남에 살다가 판교로 뜬 지 얼마 되지 않았다. 아파트가 아닌 큰 주택을 지어 갔다. 유명한 디자이너가 지었다지 아마. 조만간 집들이를 한다고 했다. 거기는 뭐, 남편이 아직도 일하는데. 엔젤이라나 뭐라나. 조그만 회사들 투자하는 사업을 한다고 했다.

분당, 분당은 좀 힘들 수도 있겠다. 분당도 남편 가신 지 오래됐고 혼자 살고 있다. 거기 아들도 생활비 안 주나. 아니다. 아들이 의사인데. 며느리도. 그래도 의사 돈 많이 벌 텐데 주겠지.

과천은 요즘 좀 힘들 수 있겠다. 남편이 아파서 집에 갇혀 있다고 했다. 모임 나오는 날이 유일하게 숨통 트이는 날이라고 했다. 그래도 남편이 큰 회사 대표를 오래 했는데 모아둔 돈이 많겠지. 아, 그리고 과천 아파트값도 뭐 여기 비할 바가 아니지.

갑자기 그때가 떠올랐다. 1기 신도시 이주로 결정할 때였다. 우리는 강남 집을 팔아 어느 신도시로 갈 것인가 고심했다. 사실 강남을 떠나기 싫었다. 하지만 유학 떠난다는 서희 뒷바라지도 해야 하고 밑에 아이들 대학 학비도 보태야 했다. 남편과 나는 분당, 일산, 산본을 둘러보았다. 그 당시 우리가 찾는 평수의 아파트는 분당과 산본이 지금처럼 격차가 크지 않았다. 나는 분당으로 가자고 했고 남편은 산본을 원했다. 분당이 제일 미래가치가 있어 보였다. 하지만 산에 둘러싸인 산본을 본 남편이 공기 좋고 살기 좋은 곳 같다고 산본을 고집했다. 아파트 바로 뒤쪽으로 등산로가 나 있었다. 산을 좋아해서 등산을 즐겨 가는 남편에게 최적의 위치였다. 앞으로 이런 숲과 가까운 곳이 미래가치가 뛰어날 것이라고 했다. 우리는 산본으로 이사했다. 그리고 현재 산본과 분당의 아파트 가격 차이는… 아… 왜 내 말을 안 들었어, 여보.

우리가 모임을 하는 장소는 한결같다. 아이들 유치원이 있던 바로 옆 중국집, 하여가. 그 식당은 한결같이 그곳을 지키고 있다. 특별한 경우 아니고는 우리는 몇십 년간 그곳에서 만났다. 그곳 주인은 유치원 자모는 아니지만 우리와 나이가 비슷한 또래로 우리 모임의 역사를 함께 한다. 화교 출신이지만 한국에서 오래 살아 그런지 한국인 같은 느낌이다. 우리는 식당의 앞 이름을 따서 그녀를 하 여사라고 불렀다. 걸걸한 여장부 하 여사는 우리의 오랜 친구다. 그 시절에는 이 식당 하나만 운영했는데 이제는 몇 개의 지점과 다른 브랜드도 가지고 있다. 그 친구는 우리의 모임이 있는 날이면 하여가의 시그니처 음식뿐 아니라 신상도 미리 맛보게 해 주었다. 또 특이하거나 신선한 재료가 있는 날이면 중국 음식이 아닌 다른 음식도 만들어 주었다. 우리가 부탁하는 요리도 만들어 주었다. 우리에겐 정말 마음 편한 고향과도 같은 그런 곳이다.

내가 4호선을 타고 산본역에서 출발하면 정부과천청사역에서 과천이 그 지하철에 올라탄다. 과천과 이 수다 저 수다를 떨며 식당으로 간다. 분당은 버스를 타고 오는 것 같다. 그녀는 절대로 허투루 돈을 쓰지 않는다. 택시 탈 리가 없다. 강남은 얼마 되지도 않는 거리를 차를 끌고 오고 판교는 당연히 차를 끌고 온다. 판교는 우리 멤버 중 유일하게 외제 차를 끌고 다니는데 최근에 변화가 있었다. 이제 그 차를 기사가 끌고 온다는 점이다. 남편이 나이 들어 운전하던 위험하다고 기사를 붙여 주었다고 한다.

"오늘 송이가 정말 좋은 게 들어왔어."
하 여사가 전가복을 내왔다. 아, 정말 송이 향이 기가 막히다. 웬만한 중국집에서는 경험할 수 없는 향이다.
"갈치 조림 좀 드셔보실라우? 제주에서 좋은 물건이 올라왔어."
은빛 광택의 탄력 있어 보이는 갈치 즈림 위에 신선해 보이는 전복들이 탐스럽게 자리 잡았다.
"제주산 제철 해산물만 한 보양식이 없지. 탄력 있고 부드러운 식감을 느껴보세요. 얘네들이 밥도둑이긴 하지만 다음 메뉴가 있으니까 해산물만 즐겨요. 그래서 간을 살짝만 간간하게 했어."
하 여사 말처럼 탱글한 식감인데 입에서 살살 녹는다. 하 여사처럼 성격 좋고 손 큰 친구가 있다는 건 복이다. 무엇보다도

이 친구와 같이 있으면 기분이 좋아진다.

"언니들, 내일 복날이니까 메인 메뉴는 삼계탕으로 정했어."
테이블에 있던 그릇들이 치워지고 중앙에 가스버너가 놓였고 새로운 앞 접시로 세팅되었다.
테이블만 보면 중국집이 아니라 삼계탕집이다.
"진짜 좋은 토종닭 몇 마리를 후배가 보내왔지 뭐야. 언니들이랑 같이 먹으려고 남겨두었지."
질 좋은 커다란 감자도 먹음직스럽게 들어가 있었다.
"중국집에서 갈치 조림이며 삼계탕 먹는 사람들, 우리밖에 없겠지. 하 여사를 친구로 둔 우리 특권이지 뭐. 하하하."
우리는 호탕하게 웃어댔다.

"있잖아. 내 친구가 요즘 힘들다고 하소연을 하더라고. 애들 키우느라 있는 돈 없는 돈 다 끌어다 교육하고 결혼시켜 놨더니 남는 건 아픈 육신과 집 한 채뿐이라고. 생활비 나올 데가 없는데 애들은 줄 생각도 없어 보이고, 알아서 주면 모를까 치사해서 달라고 말하기도 그렇고, 요즘 몸도 마음도 힘들대."
친구 이야기인 양 슬그머니 운을 뗐다.

"내 주위에도 있어, 그런 친구."

분당이 말했다.

"그 친구는 그 치사한 새끼들 집 안 물려준다고 집 담보로 잡고 매달 은행에서 생활비 받아. 자식들한테는 집 담보로 잡은 거 얘기 안 했다고 하더라고. 나중에 놀라겠지 뭐. 나쁜 새끼들."

"자기는 의사 아들이 생활비 많이 주지?"
과천이 분당에게 물었다.
"관리비는 아들 통장에서 빠져나가고 아들이 2백, 며느리가 2백 줘. 4백이면 나 혼자서 널널하게 쓰면서 살지 뭐."

"헉, 4백이나? 성식이네 부부가 많이 벌긴 하는구나."
내가 놀라서 말했다. 성식이가 서준이보다 공부 못 했던 것이 머리를 스쳤다. 고1 때 서준이가 성적이 월등히 높았는데 성식이는 고2 때 이과를 선택하고 성적이 쑥쑥 오르더니 의대를 갔더랬지.

"애 잘 키웠네. 요즘 부모 챙기지 않는 애들도 많다고 하던데."
강남이 말했다.

"당신이야 뭐, 애들이 챙길 필요도 없잖아. 자기한테 있는 돈 다 쓰기도 힘들 텐데."

분당이 강남에게 말했다.

"나야 뭐, 판교에 비하면 뭐. 판교는 모아둔 재산에 남편이 현직에 있고 그렇게 돈을 잘 벌고 있으니. 이번에 손자 중학교 입학에 그 집 남편이 입학 축하금으로 글쎄 그 어린애한테 천만 원을 줬다고 하더라고. 그 집 애들은 부모한테 생활비 줄 생각도 안 할걸. 아버지가 무슨 이벤트만 있으면 목돈을 챙겨주니 부모를 챙겨야 하는 대상으로 생각하지 않을 거야. 아마도 어떻게 더 뜯어갈까, 하는 생각은 있겠지. 우리 아들처럼."

"서희는 어때? 요즘도 영화 준비하고 있나? 영화는 언제 나오는 거야?"
분당이 물었다. 왜 안 물어보나 했다.

"영화가 뭐 혼자 잘해서 나오는 거도 아닐 테고 시간이 좀 걸리겠지. 서희가 만들 영화, 정말 기대된다."
과천이 편들어주었다.

"결혼은 안 해? 일도 일이지만 나이도 생각해야지. 지금 나이가 몇인데."
분당이 재차 서희에 대한 주제를 놓지 않았다.

분당은 매번 그런 식이었다. 매번 모임 때마다 서희를 걸고넘어졌다. 내가 그 검은 속을 모를까 봐. 생활비 엄청나게 안긴다는 그 집 아들이 연상인 서희를 유치원 시절부터 짝사랑했더랬다. 서희는 눈길도 안 줬지. 분당도 서희를 탐냈더랬다. 우리 서희가 정말 잘났었거든. 까인 지 아들은 지금 의사 돼서 돈 잘 벌고 의사 마누라 얻고 그걸 자랑하고 싶은 거다. 잘난 서희는 돈도 못 벌고 아직 결혼도 못 했지, 그걸 말하고 싶은 거다. 괘씸한 년.

"결혼 그거 꼭 해야 돼? 옛날 사람인 나도 혼자 잘 먹고 잘살고 있는데 요즘은 뭐. 더구나 서희처럼 똑똑한 애한테는 선택이지."
하 여사가 디저트가 담긴 접시를 양손에 들고 나타났다.
"요즘 내가 타르트에 홀릭해 있거든. 이거 드셔보슈. 요건 우리가 흔히 먹는 에그 타르트, 이건 치즈, 그리고 이건 내가 좋아하는 토란 타르트."
하 여사는 타르트만큼이나 달콤한 여인이다.

"정아는 어떻게 지내?"
하 여사가 강남 딸 안부를 물었다.
"요즘도 부동산 투자하느라 바쁜가. 나 저번에 세컨 브랜드 지역 알아볼 때도 정아가 도와줬잖아. 감이 아주 기가 막혀. 엄마를 그대로 닮았어. 모녀가 아주 부동산의 귀재야."

"왜 그 재능이 우리 아들한테는 안 갔냐고. 우리 아들은 도통 부동산이니 재테크에는 관심이 없어. 돈 쓰는 재능은 아주 뛰어나지. 돈 버는 능력, 정아 반만 닮았어도."
강남이 한숨을 쉬었다.

"도대체 정아 재산은 지금 얼만 거야? 공부 안 한다고 속 썩이드만 정아가 위너네. 부동산이 이렇게 광풍이 불 줄 알았나. 우리 걔가 갭투자니 뭐니 하러 다닌다고 할 때 뭐 복부인이냐고 막 웃어댔잖아. 그러고 보면 공부 잘하는 거랑 돈 잘 버는 거랑은 별로 상관이 없는 것 같아."
분당이 나를 살짝 보며 말했다.

나쁜 년.

"걔 재산이 나보다 많을걸. 그냥 흘리듯이 조언만 살짝 했는데 기가 막히게 잘 고르고 잘 잡더라고. 머리가 그쪽으로 비상하게 돌아가. 시험지 답안을 그렇게 잘 골랐으면 서울대 갔을 턴데. 너무 나를 닮은 것 같아. 이혼한 것까지도."

강남이 말했다.

"이혼해도 돈이 그렇게 많은데 뭔 걱정이야? 근데 강남 자기보다 재산이 많으면 정아 재산이 어마어마하구나. 그 젊은 나이에."
분당이 부러운 듯이 말했다.

"투자로는 정말 부동산 투자가 최고구나. 우리 딸은 대기업에서 야근까지 하고 동동거리며 일해도 저축 얼마 안 되는 것 같던데. 요즘 내가 애들 아빠 때문에 손녀 못 봐주잖아. 애 봐주는 사람 월급 주고 나면 남는 돈 없다고 왜 일하나 싶다고 그러더라. 마음이 짠해."
과천이 말했다.

"아저씨는 많이 안 좋으신 거야? 얼마 전까지도 골프도 치고 다니시더니."
강남이 물었다.

"식이요법도 해야 해서. 삼시 세끼 식단대로 차려내는 것도 일이야. 얼마 전까지 손주 보느라 묶여 있었는데 이제 애들 아빠 보느라. 에휴."

"지수가 애 볼 때 주던 용돈은 지금도 줘? 아저씨 일도 그만두셨으니. 뭐, 퇴직금은 엄청 나왔겠네."

"지수가 나 줄 돈이 어딨어? 나한테 주던 돈에 더해서 애 봐주는 사람 월급 줘야 하는데. 퇴직금 조금씩 빼먹고 있지 뭐."
과천도 자식한테 생활비 못 받고 있나 보다. 지석이도 안 주나. 나만 그런 게 아니었어. 왠지 조금 안도가 되었다.

"근데 그 많은 생활비 받는 자기는 그 돈 다 어디다 써? 이제 좀 편하게 살지. 버스 말고 택시도 타고 다니고."
과천이 분당에게 말했다.

"택시 타면 멀미가 나서 버스 타는 거야. 돈 쓸데야 많지."

"지석이네 부부는 이제 한국에 정착할 건가 봐. 지석이 와이프, 정말 세련돼 보이더라."
내가 과천에게 물었다.

"응. 우리 며느리, 세련됐지. 자기들은 그런 생각 든 적 없어? 우리는 왜 그렇게 힘들게 살았나, 왜 그렇게 눈치를 보고 살았나, 하고. 얼마 전에 우리 며느리랑 코스트코 가서 장을 봤거든. 그런데 물건을 집어 드는데 망설임이 없더라고. 나는 가격 비교해서 싼 걸로 고르고 심지어는 롯데 가서 가격 보고 이마트 가서 가격 보고 비교해서 싼 걸로 사거든. 그리고 비싼 거 먹고 싶을 때 몇 번을 살까 말까 망설이다가 결국 못 산 적도 있고. 시어머니 옆에서 카트에 비싼 물건 스스럼없이 집어넣는 거 보고 난 저렇게 살아 본 적이 없구나, 그런 생각이 들었지. 그 당당함이 한편으로 부럽기도 하고, 내 아들이 힘들게 벌어다 준 거 저렇게 평평 쓰는구나 마음이 안 좋기도 하고 그렇더라구. 대기업 과장 월급 뭐 얼마나 많겠어. 나한테는 명절에만 주는 30만 원이 단데."

과천은 언제나 솔직했다. 나도 정확히 저런 경험을 했다. 하지만 안 그런 척하고 듣고만 있었다.

"자기 며느리는 그래도 마트에서 그렇지. 우리 며느리는 백화점에서 망설임이 없어. 백화점에서 우리 며느리 모르는 사람이 없고 아주 귀부인 대접을 받더라고. 우리 아들이랑 며느리랑 똑같아."

강남이 이어 말했다.

"자기들 내가 어떻게 돈 아껴서 건물 산 지 알지? 밖에서 일할 땐 제일 싼 야채 김밥만 먹으며 일하고, 밥보다 더 비싼 카페 커피는 손 떨려서 못 먹는 거. 친구랑 수다 떨 때도 은행 가서 맥심 커피 마셨잖아. 그렇게 아끼고 아껴서 종잣돈 만들어서 굴린 거잖아. 근데 돈 벌고서도 그 습관이 안 바뀌더라고. 우리 건물 일 층에 있는 카페 커피도 안 마셔봤어. 근데 우리 며느리는 집에서도 커피를 배달시켜 먹더라고. 그리고 물은 어디 거 먹는다더라. 알래스카에서 온 거라나? 물도 그거 아니면 안 된대. 아들이나 며느리나 제대로 된 직장 못 다니고 있어서 건물 관리인 시켜놨더니 그 건물이 아주 지 건물인 줄 알아. 내가 원범이 어릴 때 일하느라 바빠서 잘 못 챙겨준 게 미안해 돈 쓰는 거에 태클을 안 걸었더니 애가 스포일 된 것 같아. 꼭 지 같은 와이프 만나고. 문득 그런 생각이 들더라고. 몸테크 하면서 안 입고 안 쓰고 피땀으로 모아 건물을 샀는데 며느리 좋은 일만 시켰구나, 하고."

"그걸 깨달았으면 지금이라도 좀 쓰며 살아. 서준이 와이프는 어때? 서준이 와이프는 정말 미스코리아 같더라."
과천이 물었다.

우리 며느리? 마트 이야기며 커피 이야기며 딱 우리 며느리 이야기이다. 좋아하는 거 먹고 사는데 스스럼이 없다. 하지만 남 앞에서 욕하고 싶지 않다. 그냥 속으로 삭인다.
"우리 며느리, 싹싹하고 애교 많지. 너무 어려서 철이 없을 줄 알았는데 애들도 잘 키우고."

"서준이가 그런 스타일이랑 결혼할 줄은 몰랐지. 교수 와이프 답게 참한 애랑 결혼할 줄 알았지. 애가 너무 화려하더라."
분당이 또 비꼬듯이 말했다.

"어 우리 며느리 참해. 몸매가 되니까 그런 화려한 옷도 입는 거지. 자기 며느리는 그런 옷 입고 싶어도 어디 입겠어?"
내가 마음에 안 드는 건 안 드는 거고 남이 욕하는 건 못 봐주겠다.

분당의 얼굴이 살짝 일그러지더니 분위기에 긴장감이 돌았다. 그때 등장했다. 화려한 판교가. 기사를 대동하고.
"어머 많이 늦었지. 아침에 골프 모임이 있어서 갔다가 다시 집에 들렀다 나오느라고. 대신 선물을 준비했어요."

기사가 테이블 옆에 쇼핑백 다섯 개를 놓고 나갔다.
"이번에 우리 레스토랑에서 출시한 거야. 집에서 우리 레스토랑 그 맛으로 그대로 즐길 수 있어."

"어머 언니는 어째 점점 젊어지냐? 비결이 뭐유?"

과일을 들고 다시 나타난 하 여사가 판교를 반기며 말했다.

그렇다. 판교는 볼 때마다 젊어지는 것 같다. 이번엔 입가에 있던 주름이 싹 펴져 있다. 피부에서는 광이 난다.

"뭐 써마지는 기본으로 맞을 테고 또 뭐 더 맞았나? 피부과랑 스파 문지방을 그렇게 넘나드니 피부에 광이 안 날 수가 없지."
강남이 이해할 수 없는 외계어를 써가며 말했다.
써마지는 뭐지?

"뭘 더 맞아? 그냥 써마지랑 맞던 보톡스 살짝."
판교는 항상 타고난 피부인 듯 말하지만 우리는 기억한다. 그녀의 젊은 시절 얼굴을.

"아, 과일 단맛 끝내준다. 우리가 하 여사 덕분에 제대로 몸보신이네."
분당은 오랜만에 보양식을 먹는 것처럼 매번 음식이 나올 때마다 허기진 사람처럼 먹어댔다. 혼자서 잘 안 챙겨 먹나.

"아, 서현이 남편이 차이니즈 어메리칸 로이어라고 했지? 중국에 인맥 좀 있나. 우리 카페 중국에 진출할 거거든. 도움 좀 받을 수 있을까?"
판교가 물었다.

"아 그게 로스쿨 졸업하고 미국에서 로펌 좀 다니기는 했다는데 적성에 안 맞아서 그만두었다고 하네. 호텔 일 하고 싶어서 호텔 전공 다시 하고 지금 중국에 있는 호텔에 있어."

"아 그래? 미국이 아니라 중국에 있구나. 더 잘됐네. 서현이한테 말 좀 전해줘. 아 근데 법 공부한 거 아깝다."
판교가 말했다.

"아니 왜 그 좋은 변호사 때려치고. 호텔에서 돈 몇 푼 번다고. 뭐니 뭐니 해도 직업은 의사, 변호사가 최고야. 안정적이지, 돈 잘 벌지, 인정받지. 서현이가 공부는 못해도 변호사 남편 잡았구나 신통했는데 그 좋은 직업을 버리네. 쯧쯧."
분당이 또 속을 긁는다. 이 할망탕구를 그냥.

"나중에 호텔 사업하겠대. 한국이랑 중국에서. 나중에 변호사보다 돈 더 잘 벌지 몰라. 나중에 우리 사위 호텔로 다 초대할게."
내가 큰소리를 빵빵 쳤다. 나도 사위가 변호사 관둔 게 내심 속이 쓰린 것은 티 내지 않았다.

"어차피 변호사가 기업가들 시다바리 해주는데 호텔 사업하면서 변호사 부리면 더 낫지 뭐. 그래도 산본 애들은 다들 열정적이고 자기가 하고 싶은 일 찾아서 하고 부러워. 우리 재범이는 왜 이렇게 의욕이 없는지. 너무 풍족하게만 키웠나 봐."
판교가 말했다.

"우리 원범이도 쇼핑 이외에는 의욕이 없어."
강남이 말했다.

"우리 재범이는 쇼핑도 그냥저냥. 처음부터 경제적으로 너무 갖고 싶은 것이 쉽게 주어져서 그런 것일까. 아니면 우리 부부가 잘 못 키운 것일까. 우리는 좋은 조건에서 교육하려고 유학 일찍 보낸 건데. 거기서도 적응 못하고 우리가 원하는 대학에도 못 가고 결국 인지도 없는 학교 졸업하고 와서는 빈둥빈둥. 이제라도 하고 싶은 걸 하라고 해도 뭘 하고 싶은지 모르겠데. 이거 찔끔 저거 찔끔. 결국 애 아빠가 매장 운영해 보라고 매장 하나를 내줬는데 전혀 열정이 없어. 잠깐 해 보더니 안 하더라구."
판교가 한숨을 쉬었다.

"그래도 잘나가는 재석이가 있잖아. TV에도 나오더라."
분당이 과일을 서걱서걱 씹으면서 말했다. 끊임없이 먹는다.

"그치. 우리 잘난 재석이 때문에 숨통이 트이지. 재석이는 다르게 커 줬어."
판교의 얼굴이 미소로 바뀌었다.

자식을 잘 키운다는 것은 어떤 것일까? 다들 각자의 고충이 있다. 그래도 분당은 아들 내외가 생활비 넉넉히 주는 것 같고, 강남과 판교는 스스로가 돈이 넘치는 집들이고, 하 여사야 무자식이 상팔자인 걸 보여주며 사업하면서 혼자 잘 살고.... 생활비 걱정은 과천과 나만 하는구나.

카톡.
카톡 소리에 핸드폰을 들여다보니 하이한테서 온 문자였다.
  엄마, 저 오늘 집에 들어가요. 함께 저녁 먹어요.

"어머, 오늘 우리 막내 온다네. 나 장 좀 봐야 해서. 조금 일찍 나가야겠다."

"조금 있다 다 같이 나가자. 내가 오늘 너무 늦게 와서. 다음 모임은 우리 집에서 하는 거 알지? 아직은 수입 가구들이 다 안 들어와서 집이 횅하지만 다음 모임 전까지는 대부분 다 갖춰질 듯해. 그날 셰프도 부를 거니까 다들 배 비우고 와요."
판교가 말했다.

왜 나는 저렇게 못 살고 있을까. 우리 시작은 비슷했던 것 같은데. 누군가는 생활비 걱정에 집 담보로 잡아야 하나, 하는 생각까지 하고 있고 누구는 대저택으로 이사 가서 셰프까지 부르며 살고.

어떻게 살아야 잘 사는 삶일까?
나의 어떤 과거가 나의 현재로 이끈 것일까?
모임을 떠나는 발걸음이 가볍지 않다.

김밥 꽁다리

하이는 뭐든 다 잘 먹었다. 엄마가 해주는 건 다 맛있다고 했다. 집에 오는 날에는 회사 근처에서 파는 음식이라며 처음 보는 신기한 요리와 디저트들을 사 오곤 했다.
하이가 사 온 음식들을 먹어보고 흉내 내서 만들어 보기도 한다.
며칠 전 전화 통화를 하며 이런 말을 했다.
"엄마, 요즘 회사 근처에서 주문한 김밥을 일하면서 많이 먹는데요. 어릴 때 엄마가 소풍 가는 날 아침에 싸주던 김밥이 생각나더라고요. 엄마가 김밥 썰 때면 제가 김밥 꽁다리 얼른 주워 먹고 했잖아요. 어찌나 그 맛이 생각나던지. 밖에서 먹는 김밥은 왜 그 맛이 없을까요?"

이마트 들리기 전 산본 시장을 먼저 둘러봤다. 토란이 나오는 철이 됐나 보다. 싱싱한 토란이 곳곳에서 떴었다. 하이가 토란국을 잘 먹던 것이 생각났다. 두 그릇을 거뜬 먹곤 했었지. 김밥이랑 같이 먹게 토란국을 끓여줘야지. 이마트에서 김밥 재료들을 사려고 햄 코너를 둘러보는데 기다란 추억의 소시지가 보였다. 요즘도 저런 소시지가 나오나. 저 소시지는 아이들 어릴 적 도시락 단골 반찬이었다. 아직 하이가 학교에 들어가기 전 서희, 서현, 서준 도시락을 각각 2개씩 총 6개 싸던 시절이 있었다. 소시지를 총총 썰어 계란을 묻히고 부쳐 넣어주면 좋아라 했던 반찬이었다. 정신없이 아침에 6개의 도시락을 싸고 저녁에는 씻기가 쉽지 않은 도시락 구석구석 설거지하느라 힘들었었지. 추억의 소시지, 왠지 반갑기도 하고 옛날 생각에 울컥하기도 했다.

오늘은 우엉이 많이 들어간 김밥과 매콤한 멸치가 들어간 김밥을 만들기로 했다.
토란은 쌀뜨물에 담가 두었다가 소고기 토란국을 끓였다.

하이는 얼굴이 조금 더 여위었지만 눈빛은 더 초롱초롱해진 것 같다. 언제나 그렇듯이 환한 미소로 보자마자 엄마를 안아주었다.

"엄마 이거."
하이가 포장해 온 음식들을 식탁 위에 풀었다.
"또 뭘 사 왔어?"
"우리 추억의 음식. 팍풍파이뎅과 뿌팟퐁커리. 아빠와 함께 간 태국에서 우리 가족 모두 맛있게 먹었던 음식이요. 이 집이 현지의 맛과 비슷해서 사 왔어요."
"아, 그 나물 음식과 게 요리."
"맞아요. 그때 우리 수산시장 같은 데 가서 정말 맛있게 먹었잖아요. 아빠가 이 음식들이 밥도둑이라고."
"그래. 종종 생각났어. 우리 가족 모두가 함께였던 유일한 해외여행. 뭐가 급해 그리 빨리 가셨는지."
"엄마 요즘 입맛 없으신 것 같아서요. 여기다 밥 비벼 먹으면 입맛이 되살아날 거예요."

하이는 내가 차려준 김밥과 토란국을, 나는 하이가 사 온 태국 음식을 먹었다.
"그래, 이 맛이지. 이 김밥 꽁다리, 아 네가 그리웠다. 토란국도 먹고 싶었는데. 엄마는 어떻게 그렇게 내 마음을 잘 알아요?"
하이는 하는 말마다 사랑스럽다.

"힘들지? 돈 많은 부모 만났으면 네가 그렇게 고생 안 할 텐데."

"부모님 돈으로 하는 사업은 진정한 스타트업으로 볼 수 없죠. 부모님 뒷배로 하는 헝그리 정신이 없는 사업은 간지가 안 나요. 저는 간지나는 하이잖아요. 스타트업이 뭔지 제대로 보여 줘야죠."
"그렇게 말해주니 고맙구나. 그래도 네가 그렇게 고생하는 거 보면 마음이 편하지 않아."
"저는 고생이라고 생각하지 않아요. 그리고 부모님이 왜 사업 자금까지 대줘야 하는지 전 이해할 수가 없어요. 대학 학비도 다 내주고 결혼 비용에 집 마련해 주고… 그걸 당연하다 생각하는 자식들… 전 다 이해할 수가 없어요. 그렇게 다 내어주고 노년 생활이 힘든 분들 많다고 하더라구요."

그래, 하이한테는 솔직하게 얘기해 보자. 어렵게 운을 떼봤다.
"엄마도 그런 사람 중의 하나인 것 같아. 엄마가 월급 받은 지 오래됐잖아. 상가 임대료로 근근이 생활했었지. 그런데 툭하면 공실이 생겨서 신경 쓰이고 의료보험료도 너무 많이 나오는 데다 서준이 결혼할 때 목돈이 필요하니까 그 상가 팔았잖아. 서준이 집 마련하는 데 보태주고 남은 돈으로 지금까지 생활했는데… 곶감 빼먹듯이 몇 년 빼먹다 보니까 이제 바닥이 났어."

"엄마 수중에 돈이 없다는 말씀이세요?"
"어? 응. 이제 이 집 하나뿐이야."
"아, 제가 지금 직원들 월급 주기도 빠듯해서 대표인 저는 월급을 안 받고 있거든요. 제가 사업이 여유가 생기면 용돈 드릴 수 있는데. 지금은 여의치 않아서. 죄송해요."
"아니다. 내가 너한테 해준 게 뭐 있다고."
"재정적으로 뭔가를 해줘야만 해주신 게 있다고는 생각 안 해요. 저는 어린 시절부터 제가 선택할 수 있도록 생각할 수 있는 시간과 자유를 주셨고 저의 선택을 응원해 주셨잖아요."
"그건 너의 아빠가…."
"전 엄마가 제가 무엇을 좋아하는지 알 수 있도록 이끌어 주신 걸 기억해요. 엄마 아빠의 그런 리드와 응원 때문에 저는 항상 든든했답니다. 감사하고 있어요."
"그렇게 말해주니 고맙구나. 위 셋한테는 공부가 최고라고 닦달하고 강제로 끌고 간 것 같아서…. 너한테만은 나도 그러고 싶지 않았나 봐."

"엄마, 누나들과 형한테 얘기해 보시는 건 어때요?"
"차마 생활비 달라고 입이 안 떨어지는구나. 알아서 주면 모를까. 주위에 들어보니 집 담보로 잡고 은행에서 생활비 받는 사람들도 있다고 하더라. 그런데 그렇게까지 하는 게 내키지가 않아. 그러면 너희에게 남길 재산이 하나도 없는 거잖아."
"엄마는 끝까지 자식 걱정이시네요. 그러지 마세요. 지금도 자식들 뒷바라지만 하느라 이렇게 되신 건데. 먼저 한번 얘기를 나눠보세요. 누나들, 형 각자 한 명씩 불러서요. 우선 솔직히 엄마 사정을 말씀해 보세요."

다음날 하이는 돌아가면서 서희, 서현, 서준을 각각 불러서 얘기해 보시고 자신과 다시 이야기를 나누자고 했다.
만약 생활비를 요구했다가 안 주면 마음에 상처가 클 것 같았다. 자존심이 상할 것 같았다. 여전히 내키지 않는다. 그렇다고 뾰족이 다른 방법도 없다. 하이 말대로 한번 해보기로 했다. 허심탄회하게 얘기를 나눠보자. 내가 그럴 자격은 있잖아. 내 인생을 바쳐서 너희들을 키웠는데.

서희한테 카톡을 보냈다.
　서희야, 엄마랑 밥 먹자. 너 좋아하는 칼국수 만들어 놓을게.

2부

날아올랐어?

내가 너를 어떻게 키웠는데

서희는 그렇게 면 요리를 좋아할 수 없다. 면 요리라면 다 좋아한다. 서희와 한번 일본에 간 적이 있었는데 서희가 여정을 짠 누들로드라는 주제의 여행이었다. 서희 영화에 우동이 소재로 등장하는데 취재가 필요하다고 했다. 우동 장인이 한다는 맛집을 돌아다녔는데 우동에도 그렇게 많은 종류가 있는지 처음 알았다.
가끔 서희와 명동에 나갈 때 명동 칼국수를 먹는 건 우리의 소박한 필수 코스다.

서희는 특히나 오래 우려낸 멸치 육수에 감자와 호박이 들어간 칼국수를 좋아한다.

깊게 우러나고 있는 육수 냄새가 집안을 감싼다. 밀가루 반죽은 알맞게 숙성되었다. 잘 숙성된 반죽을 매만지는 느낌이 좋다. 익은 김치를 내자 은은하게 시큼한 향이 코끝을 스친다. 서희는 겉절이보다는 익은 김치를 좋아한다.
"엄마 김치는 깊은 맛이 있어. 밖에서 먹는 김치에서는 이런 맛을 느낄 수 없어."
서희는 그렇게 말해주곤 했다.
비법이라면 깊은 맛의 김치도 좋은 육수에서 나온다. 좋은 재료로 만든 육수와 시간이 김치의 깊은 맛을 만든다.

"와, 내가 좋아하는 육수 냄새다. 아, 배고파."
서희는 후루룩후루룩 한 그릇 뚝딱이다. 한 그릇을 더 떠 온다. 당연히 더 먹을 줄 알았다. 저렇게 밀가루 음식을 좋아하는데 저렇게 많이 먹고도 다 어디로 가는지 살은 찌지 않는다.

두 그릇을 시작할 때 말을 꺼내려고 하는데 쉽지 않다.

"서희야, 요즘 생활 어때?"
"엄마, 안 그래도 엄마한테 할 말 있어요."
"뭔데?"
"그게, 저번에 친구가 맡겨서 강아지 잠깐 키운 거 아시죠? 친구가 강아지 키우기 힘든 상황이라... 그 아이 내가 키우려고요. 근데 그 아이가 좀 아파. 무슨 수술을 해야 한다고 하는데 그게 돈이 그렇게 드는 줄 몰랐네. 좀 비싸더라고. 그래서... 엄마 저 돈 좀 꿔주시면 안 돼요? 칼럼 쓰고 몇 푼 받는 돈으로는 월세도 빠듯해서."

기가 막힌다. 정말 기가 막혀서 말이 안 나온다. 숨을 한번 몰아쉬고 말했다.
"너가 지금 강아지 새끼랑 살 때야? 니 앞가림도 못하면서. 강아지 새끼가 아니라 남자 만나서 결혼할 생각을 해야지. 그리고 내가 돈이 어딨니? 엄마가 너 뱅크니?"

서희는 눈을 내리깔고 입술을 꽉 깨물었다가 조그맣게 말했다.
"그래도 강아지는 살려야 해서."
"그게 원래 니 강아지도 아니잖아. 니 눈에 강아지는 불쌍하고 엄마는 안 불쌍하니? 내가 오늘 널 왜 부른 줄 알아? 엄마, 돈이 없어서. 이제 예금도 바닥나고 생활비는 아무도 안 주고 살길이 막막해서. 내가 이 정도 대접밖에 못 받게 너희들을 키웠니?"

서희는 놀란 듯 눈을 동그랗게 뜨더니 이내 고개를 숙였다.

"엄마가 돈이 그렇게 없는 줄 몰랐어요. 여유가 있으신 줄 알고."
"내가 어디서 돈이 나와 여유가 있겠니? 아빠 돌아가신 이후로 월급 한 번 받아 본 적 없고 상가 팔아서 서준이 장가보내고 조금 남은 돈으로 지금껏 아끼며 생활했는데. 허리 휘도록 유학 보내고 교수 만들고 그래도... 아...."

서희는 아무 말을 못 한다.

"너 친구들은 지금 어떻게 살고 있는 줄 알아? 정아는 부동산 갭투잔가 뭔가로 돈 벌어서 건물을 샀고, 분당 아들은 와이프랑 합쳐서 생활비로만 4백을 준대. 과천 아들도 대기업 다니면서 착실히 돈 잘 벌고 승진하고 있고. 근데 넌 뭐 하니? 걔네들보다 너가 훨씬 잘났었잖아? 맨날 골방에 틀어박혀서 시나리오를 도대체 몇 번이나 매만지는 거야? 세상에 먹히지 않으면 시나리오를 좀 바꿔보든지. 아니면 이제라도 다른 일을 해 보든지. 신문에 칼럼 몇 개 쓰는 걸로 월세나 근근이 내고 있고. 근데 이제 남의 아픈 강아지까지 끼고 살겠다고? 참 애닯다. 내가 정말 너 때문에 너무 속상해."

서희는 두 번째 떠온 칼국수를 먹지 못하고 있다. 면이 국물을 흡수해 다 불고 있었다.

서희가 무겁게 입을 뗐다.
"그 아이들이랑 저는 가는 길이 다르잖아요. 저도 언젠가는 잘될 거라고 믿어요. 그때 엄마 고생한 거 보답도 하고 싶고요."
"이 집 팔 생각도 해봤어. 근데 너랑 하이가 제대로 독립한 것도 아니고 그리고 너 결혼할 때까지 팔고 싶지 않아. 너 결혼 자금도 없잖아."
"죄송해요. 저 열심히 하고 있어요. 지치긴 했지만 그래도 열심히 하고 있어요. 언젠가는 저도 잘될 거예요."
"그니까 왜 그렇게 힘든 길을 선택해? 그 언젠가가 언젠데? 니 나이고 몇이고 내 나이가 몇인 줄 아니? 너가 원하기만 했으면 그 학벌에 그 외모에 최고의 남자랑 결혼해서 편하게 살 수도 있고, 돈 잘 버는 직업도 얼마든지 가질 수 있었잖아. 오직 영화 한 편 만들어보겠다고 젊음을 다 보내고 그렇다고 만든 것도 아니고. 예전에 너 학창 시절에 학교 가면 엄마는 모든 사람의 부러움을 받으며 어깨에 힘이 들어갔는데 지금은 모임에 나가기가 꺼려질 정도야. 하도 너 물어보는 사람이 많아서."

"엄마는 항상 그랬어."

"뭐가?"

"엄마는 나의 행복보다 남의 시선이 중요했어. 언제나. 내가 언제 행복한지 기분 좋은지 생각해 주는 것이 아니라 어떻게 하면 남들에게 좋은 이미지로 비칠까에만 신경 써. 나의 행복 따위는 안중에도 없어. 내가 상처받아도 엄마만 좋은 이미지로 비치면 돼."

"너가 니 마음대로 못한 게 뭔데? 그렇게 말렸는데 전공도 유학도 영화도 결국 너 마음대로 했잖아."

"그렇지만 마음이 불편했어. 엄마의 응원을 받지 못하니 내가 잘못하는 것 같고 마음 한구석이 억눌러져 있었어. 서준이는 맨날 나만 유학 보내줬다고 툴툴거리고. 난 꿈을 향해서 열심히 뛰었는데 뭘 대단히 잘못한 사람 같아 보였어. 만들고 싶은 영화는 제작자가 안 나타나고 정말 내가 뭘 잘못 생각하고 있구나, 자꾸 기가 죽더라고. 가족들 눈치 보게 되고 그래서 성격이 점점 소심해지는 것 같고. 난 별로 행복한 적이 없어."

"너 뒷바라지를 어떻게 했는데 그런 소릴 해. 집까지 팔아가며 너를 어떻게 키웠는데."

"난 정말 그 소리가 듣기 싫어. 너를 어떻게 키웠는데. 집까지 팔아가며. 난 집 팔아서 뒷바라지해달라고 한 적 없어. 입학금만 대주시면 아르바이트해가며 치열하게 해 볼 생각이었어. 근데 집 팔아서 집 월세 내주고 차 사주고 학비 대주고. 그래서 나도 그냥 안주해 버린 거야. 내가 원한 건 집 팔아서 힘들게 뒷바라지해달라는 것이 아니었어. 날 응원해 주는 말, 잘할 거라는 격려, 남 눈치 보지 말라는 용기 그런 걸 원한 거야. 근데 기죽이는 말만 하면서 섭섭하다고 하면 너를 어떻게 키웠는데, 항상 그 레퍼토리. 나는 엄마가 나를 위한 삶이 아닌 엄마를 위한 삶을 살길 바랐어. 난 솔직히 엄마가 뭘 좋아하는지 어떤 꿈을 가진 사람인지 모르겠어. 나한테 집착하고 사사건건 나한테 관여하고 내가 원하지 않는 방향으로 날 이끌려 하고 그런 엄마의 모습이 싫어. 자꾸 눈치 보게 되고 자신감도 잃게 되고 그래서 영화 일이 잘 안 풀리는 거일 수도 있어."
"다 내 탓인 거구나. 그렇지?"
"그런 게 아니라."
"다 내 탓인 거였어. 다 내 잘못…."
"엄마 그런 뜻이 아니라…."
서희 눈에서 눈물이 뚝뚝 떨어졌다.

서희가 간 후에도 한참이나 그대로 앉아 있었다. 가슴에 눈물이 흘렀다. 나의 인생을 바쳐 온 정성을 다해 키운 서희의 만족스럽지 않은 현재의 삶은 다 내 탓이란다.
내가 너를 어떻게 키웠는데….

한참을 멍하니 있다 식탁을 보니 다 불어 터진 칼국수 면이 눈에 들어왔다. 그릇을 들고 싱크대로 가져갔다. 버리려는 순간, 손이 멈춰졌다. 다시 들고 와서 식탁에 앉았다. 불어 터진 칼국수를 먹었다. 국물 맛이 짰다.

경단의 기억

서현이 뭘 좋아했지?
바로 떠오르는 음식이 없었다. 서현이는 뭐든 잘 먹었다.

카톡을 쳤다.
  둘째 딸, 우리 저녁 먹자. 엄마가 할 말이 있어. 뭐 먹고 싶어?
  엄마 나 요즘 먹고 싶은 게 있어. 경단.
  경단?
  그거 있잖아. 엄마가 서희 언니랑 서준이 운동회 때 선생님 드시라고 가져갔던 색색깔 이쁜 경단들.

아, 생각이 났다. 서희와 서준은 반장을 계속했기 때문에 엄마가 챙길 것이 많았다. 운동회나 소풍 때 선생님들 드실 것도 준비해야 했다. 도시락 외에도 디저트로 경단을 만들어 갔었는데 서현이가 그걸 기억하고 말한 것이다. 서현이는 감투를 쓴 적이 없기 때문에 따로 준비해 준 적이 없었다.

　아, 그래. 근데 그걸로 저녁이 되겠어?
　응. 경단이 먹고 싶었어. 제임스가 중국에서 좋은 차를 보내왔거든. 경단이랑 티랑 같이 먹어요.

그 시절의 기억을 떠올려서 만들어 봤다. 찹쌀 반죽 만들어서 마르지 않게 비닐로 덮어 놓고 카스텔라는 체에 내려서 고운 가루를 내었다. 쑥 가루, 녹차 가루, 흑임자 가루, 자색고구마 가루도 준비했다. 찹쌀 반죽을 조금씩 떼어내어 동글동글 빚었다. 빚으면서 서희 생각이 또 났다. 서희 선생님들이 정말 좋아하셨는데. 그러면서 고개를 좌우로 흔들었다. 괘씸한 년. 익힌 찹쌀 경단은 체에 밭쳐서 찬물에 담근 후 물기를 뺐다. 경단에 색색깔 옷을 입혔다. 내가 이걸 만들어 애들 학교로 보낼 때만 해도 나도 이 색깔처럼 참 곱고 젊었었는데. 언제 이렇게 나이를 먹었지.

서현이가 왔다. 큰 목소리로 엄마를 부르며 들어왔다. 가끔씩

욱하기도 하지만 씩씩하고 밝은 우리 둘째.

"아이야, 너무 이쁘다."
"이게 그렇게 먹고 싶었어? 진작 말하지."
"엄마가 내 소풍이랑 운동회 때만 이걸 안 만들어줬거든. 내가 반장 못해서 그렇지 뭐. 엄마가 서희 언니 운동회 때 먹어보라고 조금 준 경단 맛이 너무 맛있어서 오랫동안 기억에 남았어. 제임스가 티를 보내왔는데 갑자기 경단 생각이 나지 뭐야. 마침 엄마가 뭐 먹고 싶냐고 물어봐서."

서현이가 고급스럽게 포장된 티박스를 꺼낸다.
"내가 티 만들게. 이 티 이름이 뭔지 알아? 멍키픽업티. 이름 웃기지? 원숭이가 딴 찻잎인가 봐. 하하."

전기포트 안의 물이 끓기도 전에 서현이는 카스텔라 경단을 입에 집어넣는다.
"아 맛있어. 부드러운 카스텔라로 싸인 말랑말랑한 찹쌀의 촉감이 너무 좋다."
"차랑 천천히 먹어. 체할라."
"얘네들을 오랜만에 보니 참을 수가 있어야지."

"근데 너희들은 애는 안 낳니? 지금 나이가 몇인데. 언제까지 제임스는 중국에 있고 너는 여기에 있고. 부부는 함께 살아야지."
"우리 부부 금슬 좋아. 우린 딩크족이야."
"딩크? 딩크가 뭔데?"
"우리처럼 애 안 낳고 각자의 삶 존중하고 일하면서 즐기는 커플."
"세상이 좋아진 건지, 이상한 건지. 딸내미는 결혼해도 애 안 낳질 않나, 며느리는 결혼도 하기 전에 애 먼저 가지질 않나. 내 젊은 시절에는 상상도 할 수 없는 일이다. 결혼하고도 애 안 낳으면 무슨 문제 있는 거고, 결혼 전에 애 가지면 처녀가 애 가졌다고 부모를 욕보이는 일이었어. 참, 요즘 세상은 어떻게 돌아가는 건지. 세상이 이상한 건지, 내가 이상한 건지."
"난 지금 생활 좋은데. 와, 근데 이거 쑥 맛 나는 경단 너무 맛있다. 예전에는 이 맛 없었는데."
서현의 경단에 대한 기억은 너무 선명한가 보다. 경단에 자신이 소외된 기억을 담고 있다. 괜히 짠하고 미안하다.

"그게 젊을 때나 좋은 거지. 나이 들어봐라. 허투루 듣지 말고 낳을 수 있을 때 빨리 낳아."
"애 낳으면 뭐가 좋아?"

"아, 그러게 말이다. 자식은... 모든 감정을 다 경험하게 하는 존재인 것 같아. 나의 삶을 돌보지 않고 애들만을 생각하고 살았는데 나의 현재는 생활비나 걱정하는 노인네가 되어있네."
"생활비? 은행에 예금되어 있는 돈, 바닥 난 거야?"
"그래. 은행이 무슨 화수분이니? 써도 써도 계속 나오게."
"나 결혼 전에 번 돈으로 전세 안고 집 사고, 전세 대출금 받아서 지금 아파트에 살고 있는 거잖아. 그 이자도 갚아야 하고 지금 쇼핑몰 초창기라 돈 들어가는 곳이 많아. 매출이 아직 시원찮아. 제임스한테는 손 벌리고 싶지 않아. 제임스 미국에서 다닌 대학 학자금 대출받은 거 아직 다 못 갚았대. 중국 호텔에서 지금 버는 돈으로 갚고 있어. 얼마 안 남았대. 그거 다 갚고 한국에 있는 호텔로 지원해서 올 거야. 그때가 되면 여유가 있겠지만 남편이 번 돈으로 그러고 싶지 않고. 내가 쇼핑몰 매출이 좀 늘면 드릴 수 있을 텐데."

"그렇구나...."
"서희 언니랑 서준이한테 말해봤어? 참, 집에 있는 돈 없는 돈 다 긁어서 박사 만들어 놓고 유학까지 보내 석사 받게 했는데 싹 다 입 닫는대?"
"서희는 벌이가 시원치 않잖아. 영화 붙들고 있느라고. 원룸 월세 내기도 빠듯한 거 같더라. 서준이야 아직 말 안 해 봤지만 애 둘 키우느라 여유가 있겠니. 대출 이자도 갚아야 할 테고."
"엄마는 항상 그 둘에 대해 너무 관대해. 그 둘에게 그렇게 쏟아부었는데. 제대로 한번 혼내줘. 엄마는 내가 제일 만만하지. 나한테는 그 둘에 비하면 투자한 거 새발의 핀데 개네들이 속 썩이면 맨날 나한테만 하소연하고."
"너가 공부하기 싫다고 했잖아. 너가 공부 잘했으면 너한테도 지원 많이 했겠지. 그렇게 공부하라고 해도 책은 쳐다보지도 않고 멋만 부리고."
"치, 내가 왜 그런 줄 알아? 내가 왜 애를 안 낳는 줄 알아? 사실 엄마의 삶을 들여다볼수록 난 엄마가 될 자신이 없어. 그런 생각이 들더라고. 엄마처럼 좋은 엄마가 되기도 힘들 거고 그리고 솔직히 엄마 같은 삶을 살고 싶지 않아."

"엄마 같은 삶이 어떤 건데?"
"엄마 자신은 없고 아이들만 있는 삶. 아이들한테 모든 것을 쏟아붓는 삶. 아이들의 반응에 따라 일희일비하는 삶. 엄마와 언니 관계를 보면 숨이 막혔어. 언니는 그냥 놔둬도 공부 잘했을 거야. 나랑 다르게 머리가 좋잖아. 그냥 놔둬도 잘 굴러갈 언니를 굳이 엄마만의 공간으로 끌고 와서 엄마 치마폭에 가두려고 했지. 난 엄마가 기대하지 않게 안 그래도 관심 없는 공부를 더 멀리했어. 나는 내 방식대로 날고 싶었거든. 다행인 건지 어떤 건지 다들 또 아들인 서준이한테 정신이 팔려서 어차피 나 따위에는 관심도 없더라고. 서준이 지가 받은 사랑 당연히 여기는 건 너무 떠받들면서 키웠기 때문이야. 아들 아들 하면서. 난 잘난 언니와 또 잘난 서준 사이에 끼여 진작에 내 분수를 알고 다른 방면으로 튀어 버린 거지. 공부 못한다고 전문대 나왔다고 은근 무시할 때마다 입술을 깨물었지. 두고 보자. 너희들보다 잘 살 테다."
"그니까 네가 아이를 안 낳는 것도 엄마 탓이라는 거지?"
"아니 그게 아니라 내가 이기적이라서 그래. 엄마처럼 아이를 위해 희생할 자신이 없어. 엄마처럼 안 살고 싶다고 하지만 애 낳으면 나도 어떻게 될지 모르고. 현재는 난 나의 삶이 소중해. 아직 마음의 준비가 안 됐어."
"엄마가 좋은 본보기를 못 보이고... 엄마 탓인 거네."
"내가 괜한 말을 했네. 관리비는 그렇게 많이 안 나오죠? 관리비는 제가 내 볼게요. 다른 생활비는 언니랑 서준이한테 대라고 하세요. 지들도 양심이 있으면."

서현이가 애 안 낳고 저렇게 살고 있는 것도 내 탓이었다.
서현이도 내 탓을 한다.

"엄마랑 경단 먹으면서 재미난 얘기 나누려고 했는데. 아, 머리보다 말이 먼저 나가는 이 성질머리는 언제 고치지? 맞다, 다음 주에 안마의자 올 거예요. 예전부터 사드리고 싶었는데 금액대가 좀 크더라구. 알아보니 렌탈도 된다고 해서."

서현이가 돌아가고 또 한동안 멍하니 앉아 있었다. 식탁으로 고개를 돌리니 서현이가 만들어 놓은 멍키픽업티가 보인다. 한 모금 마신다. 이미 식은 차 맛이 쓰디쓰다.

내 탓이 아니야

며칠간 몸과 마음이 축 늘어졌다. 서희, 서현에게 상처를 받고 나니 언뜻 서준에게 연락하기 꺼려졌다. 서준이 너마저?
이왕 시작한 거 끝까지 해보자. 호흡을 가다듬고 이번엔 전화를 걸었다.
"아들, 어디야?"
"학교죠 뭐."
"서울에 올라올 일 없니? 엄마가 아들이랑 밥 먹고 싶어서."
"저 며칠 있다 학회가 있어서 올라가요. 안 그래도 엄마한테 들르려고 했어요."
"뭐 먹고 싶어?"
"아, 엄마표 김치찌개요. 요즘 너무 먹고 싶네요."

"김치찌개? 다른 건?"
"다른 건 필요 없어요. 김치찌개 하나로 밥 몇 그릇 먹을 수 있을 것 같아요."

멸치육수로 만든 깔끔한 맛의 김치찌개를 좋아하는 서희와 달리 서현과 서준은 돼지고기가 들어간 김치찌개를 좋아한다. 특히 서준은 살코기보다 기름이 많고 오도독뼈가 있는 삼겹살이 들어간 걸 좋아했다. 그 김치찌개를 끓여 놓으면 서희는 기름을 떼어내서 먹곤 했지. 서준은 부들부들한 그 기름이 맛있다며 먹고. 그리고 서준은 청양고추가 들어간 칼칼한 맛을 좋아한다. 두부는 서준의 표현을 빌리자면 말캉말캉한 식감의 두부를 선호한다. 단단한 식감의 두부를 쓰면 안 된다. 김치는 적당하게 시어야 한다. 서준은 다른 건 신 걸 잘 못 먹으면서도 김치만은 신 걸 좋아했다. 김치에서 깊은 내공이 느껴진다나. 그렇게 만든 김치찌개가 서준이가 좋아하는 엄마표 김치찌개이다.
시장 가서 알배기 배추를 사 와 들기름으로 배추전도 부쳤다. 서준이는 전은 들기름으로 부친 것이 고소하다고 좋아했다. 서준이가 잘 먹는 임연수도 노릇하게 구웠다.

"아들, 아니 뭘 이렇게 사 왔어."

서준이는 종류별 고기며 과일을 한아름 사 왔다. 이마에 땀이 송송 맺혀있다.

"엄마, 나 엄마 김치가 얼마나 고팠는 줄 몰라. 근데 뭘 이렇게 많이 하셨어요. 찌개 하나면 충분하다고 했는데. 제가 좋아하는 건 다 하셨네."
서준이는 앉자마자 숟가락 가득 찌개 국물을 떠서 입에 넣는다.
"음... 아, 바로 이 맛이야."
"우리 아들이 맛있게 먹는 거만 봐도 엄마는 배가 부르더라고. 근데 집에서 김치 안 먹어? 엄마가 김치 보내줬잖아."

서준은 찌개를 듬뿍 떠서 따스한 밥 위로 올려놓는다. 그리고 밥과 함께 또 한입 가득 먹는다.
"아침엔 밥을 안 먹고 저녁은 거의 먹고 들어오니깐. 그리고 그냥 김치보다 이 김치찌개가 먹고 싶었어요."
"아침에 밥 안 먹고 뭐 먹는대? 아침 안 차려주니?"
"샐러드. 쌍둥이 때문에 아침에 나 밥 차려줄 정신없어."
"샐러드는 먹을만하고?"
"요즘 배달하는 샐러드 퀄러티 나쁘지 않아."
"만들어주는 샐러드도 아니고 배달 샐러드라고? 에휴. 아침을 든든하게 먹어야 하루 종일 기운 내서 일하지. 일하는 사람을 그렇게 안 챙겨주고. 맞벌이도 아니면서. 너 매일 아침밥 든든히 먹고 다니던 앤데 그래서 니가 얼굴이 그렇게 야위었구나."
"엄마, 애들 키우는 게 장난이 아니야. 집사람도 고생이 많아."
"엄마는 니네 넷 키우면서 시부모님 공양도 했어. 그런데 걔는 전화도 거의 안 하더라. 그리고 그 시절엔 지금처럼 편리한 전자제품이 있었니? 전자밥솥, 세탁기, 청소기 그런 거 다 없이 살았어. 연탄으로 방도 데펴야 했고. 나도 지금 시대에 여자로 다시 태어나고 싶다."
"지금 세대는 지금 세대 나름의 고충이 있어요."

찌개 한 그릇을 벌써 다 비웠다. 한 그릇을 더 떠 왔다. 얼마나 밥 못 먹고 다니면.... 속상하다. 임연수 뼈를 발라주면서 말했다.
"얼마 전에 유치원 자모 모임이 있었어. 판교가 큰아들은 한량이라고 욕하면서 둘째 아들 자랑은 어찌나 하던지. 재석이 너 친구였잖아. 서로 연락 안 하고 지내니? 재석이가 최근에 TV에 나왔었나 봐. 경제 프로그램이라고 하던데. 엄마 기억으론 걔 너보다 공부도 한참 못했었는데... 모교 교수를 하고."
서준이 아무 말이 없이 밥만 먹는다.
"분당은 아들 하나밖에 없는데 글쎄, 아들 내외가 생활비를 엄청 준다네. 열 자식 안 부럽지 뭐. 그래서 말인데, 아들... 엄마도 생활비 좀 보태주련?"

서준이가 찌개를 떠먹던 숟가락을 내려놓으며 말한다.
"재석이가 왜 모교 교수가 된 줄 아세요? 저처럼 국내 박사가 아니라 해외파이기 때문이에요. 유학을 갔기 때문이라고요. 맞아요. 그 찌질이 자식, 저보다 공부 못했죠. 그런데 집에 돈이 많아서 하고 싶은 건 다 해주니깐 제가 유학 가고 싶어 하는 걸 알곤 지가 선수 친 거죠. 저한테 열등감 쩔거든요. 아무리 똑똑해도 국내 박사는 밀려요. 제가 똑똑하지 못해서가 아니라 유학파가 아니라서 지방대 교수가 된 거고 그 자식은 돈으로 처바른 유학파라 모교 교수가 된 거고요. 서희 누나처럼 저도 유학을 보내줬으면 아니 서희 누나 말고 저한테 투자했더라면 당연히 남들이 우러러보는 대학에 교수가 되고 TV며 강연이며 불려 다니며 돈도 엄청 벌었을 거라고요. 누나 그렇게 투자했는데 지금 돈 한 푼 못 벌고. 저한테 투자했으면 엄마한테 생활비도 용돈도 팍팍 줄 수 있었을 거라고요."

"너도 그때 사정을 알잖니. 돈이 있어야 유학을 보내주지. 아빠 돌아가시고 상가 임대료로 근근이 살아가는데 어디서 돈이 나서. 하나밖에 안 남은 집을 담보로 잡아서라도 유학을 보내줬어야 하는 거니? 어떻게 다들 자기 생각만 하는 건지. 그리고 지방대 교수가 뭐 어때서? 다 똑같은 교수 아니야? 니가 교수 되고 주위에서 많이 부러워했어. 잘 생겼지, 키 크지, 교수지. 좋은 선 자리도 많이 들어왔는데. 그렇게 갑자기 허무하게 결혼할 줄이야."

"제가 어떻게 지연이를 만나게 된 줄 아세요? 재석이가 교수 발령받고 파티를 열었더랬죠. 굳이 지방에 있는 저를 초대하더라고요. 자랑하고 싶었던 거죠. 못난 지가 저를 이겼다고 생각한 거죠. 그날 밤 속상해서 지성이랑 호프집 가서 진탕 마셨어요. 근데 맞은편 테이블에서 여자 둘이 술을 마시고 있었는데 지성이가 합석을 신청했어요. 그렇게 만났어요. 지연이를. 어리고 철없는 지연이를. 엄마가 못마땅하게 생각하는 며느리, 엄마가 유학만 보내줬으면 만날 일 없었다고요."

"그니까 니가 지방대 교수가 된 것도, 마음에 안 드는 와이프를 만난 것도 다 내 탓이라는 거구나. 니가 서울에 있는 대학 교수가 되고 또 잘난 와이프를 만날 수 있었는데 다 이 엄마 때문에 안 됐다는 거지? 다 내 탓이라는 거지?"

"아, 이런 말씀 드리려고 온 게 아닌데. 아 나는 도대체 왜 이

모양인 건지. 죄송해요."

서준이가 돌아간 후에도 한동안 식탁에 앉아 있었다. 서준이가 반쯤 먹은 두 그릇째 떠 놓은 찌개가 식어 있다. 찌개 그릇을 들었다. 싱크대로 갔다.

그리고 남은 찌개를 남김없이 쏟아부어 버렸다.

가출하셨어요

하이는 회사 주위 식당에서 브런치로 간단하게 먹고 사무실로 들어왔다. 지금쯤이면 엄마가 누나들, 형과 식사를 마쳤을 텐데. 생활비 문제는 해결되었을까?

네 남매 카톡 방으로 들어갔다.

   하이: 누님들이랑 형도 엄마랑 식사 잘했어요? 저는 엄마가 김밥이랑 토란국 만들어주셔서 맛있게 먹었는데.
   서현: 난 추억의 경단 먹었지. 근데 이번 식사가 이유 있는 초대였더군. 언니, 서준, 엄마 생활비는 드리기로 한 거지?

서준: 누나는 아이가 없어서 잘 모르겠지만 아이 키우는데 돈이 많이 들어. 대출 이자에 육아비까지 나도 힘에 부쳐. 돈 많은 부모님이라면 오히려 도와달라고 부탁하고 싶어.

서현: 올케가 명품 사재끼니까 힘에 부치겠지. 올케 인스타그램 누가 보면 재벌 집 며느린 줄 알겠더라. 보통 맘들 인스타는 아기들 사진뿐인데 걔는 명품 가방에 옷, 몸매 자랑에 카페, 맛집 사진들뿐이야.

서준: 결혼 전에 산 것들이야. 그런 거 올리는 걸로 그냥 육아 스트레스 푸는 거야. 그리고 명품 좋아하는 누나가 할 말은 아닌 것 같은데.

서현: 내가 걔랑 같니? 걔는 지금껏 소비만 해본 애고 나는 생산적 활동을 하면서 합리적 소비를 하는 거야. 글구 난 옷은 다 저가 브랜드거든. 가방도 옛날 옛적 거고. 그리고 난 패션업 종사자야.

서준: 요즘 지연이가 육아 스트레스가 많아. 약간의 우울증도 있고.

서현: 언니는? 언니는 좀 드리기로 했어?

서희: 아니. 나도 좀 빠듯해서.

서현: 에휴, 난 관리비만 내드리기로 했는데 그럼 엄만 뭐 먹고 살아? 언니도 이제 좀 변화가 있어야 하지 않을까? 언니는 붙잡고 있는 그 시나리오 말고 다른 걸 써보는 거 어때? 안 되

는 데도 이유가 있지 않을까?

서희: 너 내 시나리오 한번 읽어 본 적 없잖아. 잘 알지도 못하면서 함부로 말하지 마.

서현: 기본적으로 먹고 사는 건 해결하고 예술해야 할 거 아냐. 얼마 전에 엄마한테 강아지 병원비도 부탁했다며? 참, 내, 언니 같은 종족 보고 뭐라고 하는 줄 알아? 캥거루족. 아이처럼 부모님 주머니에서 못 나오고 경제적으로 기대어 사는 사람들. 언니는 청춘도 아니니 나이 든 캥거루? 나이 든 캥거루를 안고 있으니 나이 든 엄마가 얼마나 허리가 휘겠어?

서희: 너 말이면 다야? 사실 너도 서준이도 내가 유학 가서 돈 쓰고 온 게 아니꼬운 거잖아. 너 나처럼 공부해 봤어? 너 나처럼 절실하게 뭐 해 본 적 있어? 책 한 줄 읽어 본 적도 없고 맨날 놀기 바쁘고 입만 살아서는. 서준이 너도 나만 유학 다녀온 거 맨날 툴툴거리고. 그래서 너희가 원한 건 내가 꿈을 포기해야 했다는 거니? 사실 너희가 원한 건 나의 꿈 대신 나의 희생인 거잖아. 지네들이 이기적인 건 모르면서.

서현: 책 한 줄 안 읽어봤어도 책만 끼고 산 언니보다 훨씬 잘 살거든.

하이: 아니 다들 왜 그러는 거예요. 그니까 결론은 엄마 생활비는 해결되지 않았고 우리는 서로 자기만 잘났다고 남 탓만 하고 있는 거군요.

한동안 카톡 방에 정적이 흘렀다.

하이: 제가 서희 누나 시나리오 읽어봤는데요. 전 재미도 있었고 무엇보다도 의미가 있는 스토리라 좋았어요. 근데 누난 시대를 너무 앞섰고 대중이 그 속뜻을 이해하기가 어려울 수도 있어요. 요즘 너무 말초를 자극하는 컨텐츠만 난무해서. 세상이 이해하기까지 시간이 좀 걸릴 수도 있어요. 근데 서현 누나, 서희 누나의 자산이 아무것도 없다고 말하지 말아요. 서희 누나가 가진 건 무형자산이에요. 현재 가치 있다고 인정받는 누군가의 유형자산보다 훨씬 더 폭발력을 가지고 있을 수도 있는 무형자산. 누나의 무형자산에 대해 함부로 말하지 않았으면 좋겠어요.
그리고 서희 누나, 그 자산은 세상에 계속 노크하면서 킵 해두고 서현 누나 말처럼 세상이 좀 더 공감하기 쉬운 다른 컨텐츠도 개발해 보는 것은 어떨까요? 접근 방식을 좀 달리해 보는 거죠. 누나의 시나리오는 마치 숨은 병기가 되는 거죠. 그리고 형, 자꾸 형은 부모님이 도와줬더라면 사는 게 쉽고 더 잘 나갔을 텐데 하는 데 부모님 도움 없이 잘 돼야 의미 있고 그게 진정한 성공 아닐까요? 그게 간지 나는데. 전 부모님 도움으로 사업 자금 마련한 애들 보면 하나두 안 부럽고 안 멋지더라구요.

하이의 폰에 엄마가 보낸 문자가 갑자기 올라왔다.
　하이야, 엄마 잠깐 집을 떠나 있을까 해. 걱정하지 말고.

헉, 하이는 잠시 머리가 어질했다. 정신을 차리고 네 남매 카톡 방에 이어 글을 올렸다.
　엄마가 가출하셨어요.

날아올랐어?

난 이제 어떻게 살아야 할까?
아이들과 모두 만나보고 나서 어느 사막 위로 홀로 던져진 것 같았다. 길이 보이지 않는.

나에게는 그들이 언제나 우선순위 첫 번째였는데 그들에게 나는 아니다. 그들이 길이라고 생각하고 살았는데... 길이 보이지 않는다.

떠나고 싶다. 어디로 가야 하나.
떠나고 싶어도 갈 곳 없는 처지라니.
뭘 위해서 살았나?

나의 길은 여기서 끝일까?

TV를 틀었다. 영혼 없이 채널을 계속해서 눌렀다. 공중파의 뉴스를 지나 화려한 입담으로 물건 파는 몇 개의 홈쇼핑 채널을 지나 드라마를 하고 있는 한 케이블 채널에서 멈췄다.

얼굴에 주름 가득한 배우 박인환 씨가 가만히 아무 말 없이 서 있었다.
하지만 눈만은 무엇인가를 되짚어가고 있었다. 먼 기억 속의 끈을 놓지 않고 그 길을 찾아가고 있는 것처럼.

한동안 그렇게 서 있던 그는 기차 철로를 두고 마주하는 있는 한 젊은 청년에게 말했다.
…날아올랐어?

날아올랐어?
눈물이 났다.
왜 눈물이 나지?
어깨까지 들썩이며 흐느낀다.
오열했다.

줄거리도 제목도 모르는 드라마의 한 장면이 닫혀있던 눈물샘을 열었다.
날아올랐어?

나는 아이들을 날아오르게 하고 싶었다.
내 인생은 없었다. 아니 내 인생은 아이들을 날아오르게 하는 것이었다.
그런데 나 때문에 날아오르지 못했다고 한다.
그렇다면 나의 인생도 나도 결국 날아오르지 못한 건가?

날아올랐어?
아이들 말고 너, 넌 어디로 날고 싶었니?
내가 뭘 좋아했는지, 무엇을 하고 싶었는지, 어디로 날고 싶었는지, 날갯짓이라도 해 봤는지 기억이 안 나.

열어놓은 창으로 바람이 부드럽게 흘러 들어왔다. 거실의 커튼이 아름다운 곡선을 그리며 날아올랐다.

갑자기 스쳤다. 그이가 말한 게.

어느 날, 어디론가 떠나고 싶을 때 이 카드를 열어봐요.

남편은 무엇을 예견이라도 한 듯 떠나기 며칠 전 이런 말을 하며 카드를 주었다. 어디 두었더라. 그때는 웃으며 넘겼고 그동안 남편이 준 카드조차 떠올릴 생각도 못 한 채 정신없이 살았다.

여기 있다.
그 카드는 남편이 젊은 시절 보냈던 편지들을 모아 놓은 서랍 맨 위에 가지런히 놓여 있다. 봉해져 있는 카드 봉투의 윗면을 조심스럽게 뜯었다.
카드를 꺼냈다. 접은 카드 사이에서 뭔가 떨어졌다.

열쇠다.
카드 안에는 주소가 적혀 있었다.

이 주소는 뭘까? 어디론가 떠나고 싶을 때 열어보라고 했으니까 여기 이 주소로 가면 된다는 건가? 여보, 당신은 정말 여전히 수수께끼 같은 사람이야.

한참을 울고 났더니 기분이 한결 가벼워진 것 같았다.

모든 창을 열고 집 청소를 했다.

하이 방으로 들어갔다.
책상 위에는 한 권의 책이 놓여 있었다.

맞다. 내가 책 제목에 관심을 보이자 하이가 한번 읽어 보라고 두고 갔었는데. 찬찬히 읽다 보면 자신과 대화하게 되는 책이라고 했다. 자신에게 영감을 준 책이라 했다.
제목이 〈니체가 말했다 여기가 거기니?〉란 책이다.

니체... 니체라면 할 말이 많다. 니체가 아니었다면 남편에게 호감이 갔을까. 결혼 생활이 힘들 때마다 니체한테 따져야겠다고 남편한테 우스갯소리로 말했었지.

여기가 거기니? 무슨 뜻일까?
너가 있고 싶었던 곳, 여기가 거기니? 나한테 그렇게 말하는 거 같네.

아니. 여기가 거기가 아닌 것 같아.

책을 한번 펼쳐 보는데 뒤 날개에 쓰인 세 개의 문장이 눈에 들어왔다.

당신은 즐겁습니까?
당신의 일은 소명입니까?
당신의 삶에는 키스가 있습니까?

아니요.
아마도 아니요.
생각도 나지 않아요.

책을 집어 들었다. 그리고 가방 안에 챙겨 넣었다.

하이에게 문자를 보냈다.
   하이야, 엄마 잠깐 집을 떠나 있을까 해. 걱정하지 말고.

3부

나를 전공하고 있습니까?

monologue 서희

엄마가 가출하셨다고?

전화를 했다. 신호는 가지만 전화는 받지 않으신다. 또 했다. 받지 않으신다. 또 했다. 받지 않으신다. 일부러 받지 않으시는 걸까? 어디로 가신 걸까? 나 때문에 속상해서 집을 나가신 것일까?

집에서 독립한 지는 얼마 되지 않는다. 사실 독립이라고 말할 수도 없다. 작업실로 쓰려고 원룸을 계약했고 아예 거기서 생활한다. 나만의 공간이 필요했다. 방해받지 않는 나만의 공간이.

안다. 엄마가 우리를 위해 특히나 나를 위해 얼마나 공을 들이고 희생했는지. 하지만 난 그것을 원하지는 않았다. 자식에게 모든 걸 거는 부모보다는 자신의 운명을 자신에게 거는 부모를 원했다. 하지만 부모의 희생을 원하지 않았으면서도 어느덧 그 희생에 적응하고 심지어 당연시 여기며 살고 있는 자신이 한심스러웠다. 아쉬울 땐 엄마한테 손을 내미는 나 자신이 엄마는 왜 그렇게 살아, 하고 말할 자격이 도대체 있는가 말이다. 주어진 환경에서 누가 더 삶을 열심히 살았는가, 라는 질문에 대한 답은… 망설일 여지도 없이 엄마다.

나에게는 극단적인 양면이 있다.
초등학교 2학년 때였던가. 우리 반이 시범 교육반으로 꼽혔고 모든 선생님들을 모셔놓고 내가 반 대표로 수업 발표하는 것이 결정 났다. 괘도를 칠판 위에 걸어 놓고 그걸 넘기며 발표하게 되었다. 화려한 채색으로 세련되게 만들어진 괘도의 내용은 대부분 엄마의 손길을 거친 것이었다. 엄마는 발표 내용도 열심히 외우게 했다.
발표날이 되어 멋지게 만들어진 괘도는 칠판 위로 걸렸다. 하얗고 큰 도화지가 그날 유독 크고 빛나 보였다. 기대에 가득 찬 수많은 선생님들이 교실 뒤에 띠를 두르듯이 앉아있었다. 잘 다려진 제복 같은 옷을 입고 나는 교단 앞에 섰다.

기억난다. 그 순간이. 난 한마디 말도 안 하고 그 자리에 서 있었다. 담임선생님이 당황했다. 뭐라고 담임선생님이 나한테 말한 것 같다. 그런데 나는 꼼짝 않고 계속해서 그 자리에 아무 말도 않고 서 있었다. 참관 선생님들은 웅성이기 시작했고 담임 선생님이 나보고 들어가라고 했다. 담임선생님의 화난 표정이 잊히지 않는다.

그런데 몇 년이 지나고 난 완전 다른 아이가 되었다. 어떤 계기가 있었는지는 기억이 나지 않는다. 수업 시간에 선생님이 질문을 하면 제일 먼저 손드는 아이였고 심지어 질문이 끝나기도 전에 답을 해버려 선생님을 감탄하게 했다. 그리고 발표 때는 제스처도 취하고 경청하는 사람들과 시선도 맞춰가며 여유를 부려 전교에서 가장 멋지게 발표하는 학생으로 소문이 났다.

소심한 자아와 대범한 자아가 공존하고 있다. 엄마의 개입은 때로 대범한 자아보다는 소심한 자아를 깨웠다.

대범하고 열정적인 자아 또한 부모님의 지원과 칭찬 속에서 무럭무럭 자라났다. 고2 때 그 자아를 질투하는 한 아이가 있었다. 그 아이는 나의 일거수일투족을 관찰했다. 반면 그녀가 이끄는 한 무리를 통해 나를 왕따시키고 싶어 했던 것 같다.

하지만 난 그 무리에 관심이 없었기 때문에 왕따 될 수가 없었다. 속하고 싶어야 왕따가 성립되는 법이니까 말이다. 그 아이는 모든 신경을 나에게 집중했다. 내가 어느 학원에 다니는지, 어느 독서실에서 공부하는지, 어떤 음악을 좋아하는지, 어떤 습관을 지니고 있는지 등 너무나도 궁금해했다. 따라 하고 싶었으니까. 방해하고 싶었으니까. 그 무리의 주제는 언제나 나였고 그 아이는 급기야 한 아이에게 나의 모든 것을 알아내라고 명령했다. 명령받은 아이의 엄마가 학부모위원회 구성원이었는데 우리 엄마에게 접근해 그 정보를 알아내라고 한 것이다.

반장에다 언제나 일등을 고수하는 딸 덕분에 학부모 모임에서 최고로 대접받는 엄마는 그 무리의 엄마가 치켜세우며 요청하는 정보를 술술 내주었다. 내가 다니는 학원 수업에, 독서실에 그 무리가 나타나기 시작했다. 독서실 자리도 내 주위로 잡았다. 우두머리 그녀는 노골적으로 나를 관찰했다. 열정적이고 거침없었던 자아가 조금씩 무너지기 시작했다. 늘 쫓아다니는 그녀의 시선이 신경 쓰이고 싫었다.

엄마한테 모임에 나가지 말아 달라고 부탁했다. 엄마는 임원이기 때문에 그럴 수 없다고 했다. 고3이 되었다. 그녀와 또 같은 반이 되었다. 처음으로 반장을 하지 않았다. 반장을 안 하면 엄마가 모임에 안 나갈 것이라고 생각했다. 하지만 엄마는 모임에 나갔다. 그토록 부탁했는데. 공부 제일 잘하는 아이의 엄마는 모두가 적극적으로 환영하기 때문이다. 엄마가 내 편이 아니라고 생각했다. 엄마와 다투는 날이 많아졌다. 소심한 자아가 각성하기 시작했다.

대입시를 앞두고 나의 정보를 캐내던 그 아줌마의 설득을 못 이기고 엄마는 그녀를 따라 점쟁이한테 다녀왔다. 평생 점을 본 적이 없는 엄마다. 점쟁이는 내가 컵대에 지원해야지만 대학에 붙을 거라고 했단다. 그리고 법대에 들어가야 배부르게 잘 산다고 했단다.
나는 점 보는 행위를 극도로 싫어한다. 점쟁이 말에 휘둘리고 싶지 않았다. 나의 운명을 점쟁이가 결정하는 것이 싫었다. 내가 평소에 보지 않던 점을 왜 봤냐고 따졌다. 엄마는 너무 중요한 일이라 평소에 보지 않던 점을 본 것이라 했다. 나를 위해서.

내가 미학과를 지원한다고 했을 때 엄마는 극렬하게 반대했다. 심지어 입학지원서까지 감췄다. 지원서를 찾느라 집안 곳곳을 뒤적였다. 아무리 점쟁이 말을 믿지 않는다 하더라도 미학과 지원하면 떨어질 거라는 예언은 날 신경 쓰이게 했다. 치솟아 오르는 소심한 자아를 대범한 자아가 근소한 차이로 누르고 마감 막판에 미학과에 원서를 접수했다. 마음속으로 울면서 접수했다. 점쟁이의 예언은 틀렸다. 난 대학에 합격했다. 하지만 지금 내가 배고픈 건 그때 법학과가 아닌 미학과에 갔기 때문이라는 말을 아직까지도 듣는다.

엄마가 나에게 서운할 때마다 하는 말이 있다.
내가 너를 어떻게 키웠는데.
맞다. 엄마는 온 정성을 다해서 자신을 희생해가며 나를 키웠다. 그래서 엄마한테 화도 함부로 낼 수 없다. 엄마의 고생을 아니까 말이다. 빠듯한 살림에 최고의 교육과 다양한 경험을 시켜주었다. 잠 못 자며 밤늦게까지 기다려주고 새벽에 일어나 도시락 반찬 하나에도 온갖 정성을 기울이며 학교 선생님에게도 최선을 다했다. 당신은 그 흔한 브랜드 가방 한 번 산 적도 없으면서 말이다. 그 흔한 마사지샵도 한 번 가본 적 없으면서 말이다.

내가 너를 어떻게 키웠는데.
엄마가 이 말을 하는 날은 꼭 싸우게 됐다.
하지만 자식으로서 가장 듣고 싶지 않은 이 말은 부모로서 가장 하고 싶지 않은 말일 것이다.
그 말을 하는 부모의 서글픔을 헤아리기 전에 그 말을 듣는 나의 억울함을 먼저 헤아렸다.

소심한 나의 자아는 엄마의 개입과 그리고 나의 변명을 먹고 성장했다. 그리고 소심함 속의 찌질한 자아가 탄생해 엄마 탓을 더욱 부각시켰다.

지난 달이었나. 절에 다녀오신 엄마가 한 말씀이 문득 스쳤다.
"생각해 보니 네가 되고 싶은 모습과 엄마가 원하는 너의 모습에 차이가 있었던 것 같아. 그런데 난 절에 갈 때마다 내가 원하는 너의 모습을 빌었던 것 같아. 시험에 붙게 해 주세요. 돈 많이 벌게 해주세요. 결혼하게 해 주세요.... 근데 넌 그대로더라고. 오늘은 이렇게 빌고 왔어. 서희가 원하는 대로 마음먹은 대로 이루게 해주세요. 네가 원하고 마음먹은 게 정확히 어떤 건지 잘 모르지만 네가 이루고 싶은 그 모습으로 이루게 해 달라고. 우리 서희를 행복하게 해 달라고."
그때도 알량한 나의 자존심은 엄마의 진심을 흘려들었다.
눈물이 난다.

띠리링.

갑자기 울린 메일 알람 소리에 눈물을 훔치고 편지함을 열었다.
믿을 수가 없다.
발신자가 아빠라니.
아빠, 아, 아빠. 정말 아빠인 거야?
놀랍고 떨리는 마음으로 글을 읽어 내려갔다.

서희야,
나의 자랑스러운 서희야,
서희가 이 메일을 받을 즈음 아마도 아빠는 너희들 곁에 없을 거야.
아빠는 미래의 서희를 너무나도 만나고 싶어서 예약 메일 발송이라는 문명의 이기를 활용해 보기로 했단다.

미래의 서희를 상상해 본다.
서희는 영화를 만들었을까. 영혼이 깨끗한 서희가 만든 영화는 세상을 정화하겠지.
서희는 결혼했을까. 이렇게나 멋진 서희의 마음을 사로잡은 남자는 누굴까.
엄마랑은 잘 지내고 있겠지. 서로를 위하면서도 때로 마음에 없는 말도 하면서 투닥거리며 싸우는 날도 있겠지.

그런데 서희야, 한 가지 알아야 할 것이 있어. 엄마가 어떤 식으로 말을 하든 근본의 마음은 너를 위하는 거라는 거, 그걸 꼭 알아줘. 때때로 너의 기분을 상하게 하더라도 엄마의 그 마음을 그 진심을 한번 생각해 보렴. 그럼 너의 기분이 좀 누그러질 거야. 아빠는 알아. 서희가 엄마한테 불만스러운 마음을 가지고도 있지만 엄마를 엄청나게 사랑한다는 걸. 엄마한테 사랑을 표현해 줘.

우리 세대는 자식에게 모든 걸 바치는, 자식이 전부인 삶을 살았어. 특히나 엄마는. 그래서 자식이 그걸 알아주지 않으면 공허해지고 세상 잘못 산 것 같고 그렇단다. 나날이 현명해지는 서희가 엄마의 마음을 잘 헤아리고 서로의 마음을 다치지 않게 관계를 잘 이끌어나갈 것이라 아빠는 믿는단다. 엄마가 자식보다는 엄마 자신한테 집중할 수 있도록 부드럽게 엄마를 이끌어줘.

너를 응원해. 멋져, 우리 서희. 서희가 만든 작품은 꼭 활짝 필 거야. 아빠는 꼭 믿어.
사랑한다.

과거의 아빠가 미래의 나에게 인사를 건넨다.
과거의 아빠는 미래의 나에게 엄마의 안부를 묻는다.
현재가 된 미래의 나는 여전히 불안정하고 여전히 엄마와 싸우고 있다.
현재가 된 미래의 나의 모습에 아빠가 얼마나 속상하실까.
현재의 내가 새로운 미래가 될 나에게 말한다.
다시 시작하자.
과거의 아빠가 미래의 나를 돕는다.
아빠, 미안해요. 그리고 고맙습니다.
사랑합니다.

눈물이 난다.
엄마가 보고 싶었다.
전화기 버튼을 또 눌렀다.

monologue 서현

엄마가 가출하셨다고?

전화를 했다. 신호는 가지만 전화는 받지 않으신다. 또 했다. 받지 않으신다. 또 했다. 받지 않으신다. 일부러 받지 않으시는 걸까? 어디로 가신 걸까? 나 때문에 속상해서 집을 나가신 것일까?

나는 안절부절못했다. 관리비라도 낸다고 생색을 냈지만 엄마한테 심하게 아픈 말을 하지 않았던가. 엄마 같은 삶을 살고 싶지 않다고. 아이를 낳지 않는 것은 엄마 탓이라고. 왜 그런 말을 한 거지. 입을 손으로 툭툭 쳤다. 자신이 너무 미웠다.

나는 안다. 엄마가 항상 나한테 안쓰럽고 미안한 마음을 가지고 있다는 것을. 잘난 언니와 서준 사이에 끼여서 대접도 못 받고 뒷바라지도 부족했다고 생각하신다는 것을. 솔직히 잘나고 도도한 언니와 자신이 받은 사랑을 당연시하며 오히려 툴툴거리는 서준이 얄밉다. 그렇게 대접받으며 살았는데도 아직 제대로 독립도 못 했다. 한심하다. 그런데도 여전히 그들에게 집착하는 엄마의 모습을 볼 때면 화가 난다.

하지만 나도 엄마가 안쓰럽고 엄마한테 미안하다. 아이를 낳지 않는 것은 엄마 때문이 아닌데. 노력했지만 아이가 생기지 않았고 어느 순간 나의 삶을 즐기기로 하지 않았던가. 그냥 욱해서 그런 아픈 말이 나와버렸다. 하이를 훌륭하게 키워낸 것도 엄마다. 우리 엄마는 그런 능력 있는 엄마다. 내 아이가 하이처럼만 자랄 수 있다면.

중학교 2학년 어느 날이었다. 학교에서 돌아왔는데 열린 방문으로 엄마가 이모들과 이야기하는 것이 들렸다.

작은이모가 웃으며 말했다.

"아니 서현이는 무슨 미운 오리 새끼야? 인물도 다른 애들보다 떨어지고 공부는 왜 그리 못한대? 내가 서현이 어릴 때 못난이라고 놀리면서 다리 밑에서 주워 왔다고 했더니 얘가 글쎄, 막 울면서 나한테 소리 지르는 거야. 자기 엄마 아빠 딸이라고. 자기 안 주워 왔다고."
큰이모도 소리 내어 웃었다.
엄마가 웃지 않고 말했다.
"서현이가 왜 못난이야? 개성 있고 서구적으로 매력 있게 생겼는데. 그리고 공부는 좀 못해도 똑똑한 애야. 공부에 관심이 없을 뿐이지 우리 서현이가 얼마나 명석하고 배포가 큰대. 어쩌면 나 비행기 태워주는 자식은 서현이일 수도 있어. 한 번만 애한테 못났다고 하기만 해 봐라."

그때 내 가슴은 요동쳤다. 그래, 서희 언니도 서준이도 아닌 내가 우리 엄마 비행기 맨 처음 태워 줄 거야. 나한테 그렇게 약속했다. 세계지도를 책상 위에 붙여놓은 건 그때부터였나 보다. 엄마랑 어느 나라로 여행 갈까 생각하면서 세계 여러 나라에 관심을 갖게 되었고 그러다 보니 세계사와 지리가 재미있어졌다. 그러면서 세계 여행을 꿈꿨다.

명절이 다가오면 엄마는 며칠 전부터 시댁에 가서 차례상 음식 차리는 것을 도왔다. 내가 차례상 음식 중에서 가장 좋아했던 건 바나나이다. 그때는 바나나가 지금처럼 흔하고 싼 과일이 아니었다. 비싸서 쉽게 먹을 수 있는 과일이 아니었다. 그래서인지 바나나가 더 맛있게 느껴졌다. 그건 언니도 서준이에게도 마찬가지였다. 또래의 친척 아이들에게도 마찬가지였다. 차례상을 물리고 엄마가 주방에서 조용히 바나나 하나를 챙겨서 나의 손에 쥐여줬다. 잘난 장녀 언니도 아니고 잘난 아들 서준이도 아니고 말이다.

엄마는 또 나와 닮았다며 서구적 스타일의 미모를 뽐내는 마론인형을 사주었다. 나에게만. 서희 언니도 부러워했던 것 같다. 그 인형은 정말 나를 닮은 것 같았다. 눈이 크고 얼굴형이 살짝 각졌다. 인형처럼 이쁘다는 소리를 듣는 언니 같은 달걀형이 아니었다. 나는 어찌나 그 인형을 좋아했던지 돈이 생기는 날이면 그 마론인형의 옷을 사러 옷 가게로 뛰어갔다. 그 당시 우리 동네는 마론인형 전문 옷집이 있었다. 나의 인형은 화려한 드레스며 한복까지도 가지고 있는 옷 부자가 되었다. 난 틈틈이 나의 인형에 어울리는 옷 그림을 그렸다. 아마도 그때부터였는지도 모른다. 내가 패션 세계에 관심이 생긴 것이.

난 나 자신과의 약속대로 엄마를 비행기 태워 준 첫 번째 자식이 되었다. 회사 들어가서 첫 휴가 때 엄마와 해외여행을 다녀왔다. 홍콩으로. 엄마와 홍콩의 맛집을 돌아다녔다. 스파도 함께 받았다. 언니도 서준이도 하지 못한 것을 제일 먼저 한 것에 대해 뿌듯했다. 멋진 야경을 보며 엄마와 손잡고 산책했다. 저렇게 멋진 야경처럼 내가 제일 빛나는 자식이 되어야지. 이날을 잊지 말아야지.

그 뒤로 나는 틈만 나면 여행을 다녔다. 여행으로 안목을 키웠고 여행으로 남편도 만났다. 어떻게 보면 서현이가 비행기 태워주는 자식이 될 거라는 엄마의 그 말 한마디로 난 새로운 길로 들어섰다. 엄마 덕분이다. 엄마가 사준 나를 닮은 멋진 인형이 나를 패션의 세계로 입문시키고 어린 나이에 내가 무엇을 좋아하는지 깨닫게 해줬다. 엄마 덕분이다.

메일왔숑.
메일 알람이다.
요즘 잘 쓰지도 않는 예전 메일 계정인데. 편지함을 열었다.
믿을 수가 없다.
아빠... 아빠....
떨리는 손으로 아빠의 메일에 손을 갖다 대었다.

  서현아,
  너무 멋진 우리 서현아,
  우리 서현이는 너무 잘살고 있을 거라고 아빠는 믿어 의심치 않는다. 서현이의 깡과 패기라면 그 어떤 것도 이룰 수 있거든. 아빠는 너의 그 깡과 패기를 부러워했어. 너는 너의 길을 개척해나가는 애였거든. 그리고 그런 너를 사랑했어.

서현이가 만들어준 셔츠는 아빠의 최고 보물이었단다. 멋진 셔츠에 쓰인 아빠를 위한 문구를 볼 때마다 얼마나 행복했는지 몰라. 사람들한테 얼마나 자랑하고 다녔게. 엄마는 또 얼마나 부러워했게.

우리 서현이는 지금쯤 어떤 디자이너가 되어 있을까? 아빠가 느낀 것처럼 사람들에게 행복을 느끼게 해 주는 디자이너일 것 같아. 일도 사랑도 멋지게 해내겠지.

서현아, 너는 자기 자신을 잘 들여다보는 아이야. 너의 가장 좋은 그 모습을 엄마도 닮을 수 있도록 네가 엄마를 잘 이끌어줘. 엄마한테 욱해서 마음에도 없는 말 하면 안 된다. 사람은 나이가 들었다고 해서 더 강한 것도 아니란다. 오히려 약해지고 상처를 더 받지. 그리고 사람은 끊임없이 변하고 성장해야 한단다. 나이 들었다고 꿈이 없고 성장 못하는 것이 아니야. 아무리 나이 들었어도 꿈과 희망이 우리를 살게 하지.

서현아, 엄마한테 꿈과 희망을 줘. 엄마한테 손을 내밀어 줘. 그리고 엄마 손을 잡고 함께 씩씩하게 걸어주기를 바란다.

너의 꿈과 희망을 응원한다.
너의 일과 사랑을 축복한다.
사랑한다.

아빠의 메일을 손바닥으로 가득 감쌌다.
마치 포옹하는 것처럼.
아빠는 나를 너무나도 잘 알고 있었다.
과거의 아빠가 미래의 나에게 뜨거운 응원을, 부드러운 훈계를 하고 계신다.
현재의 내가 새로운 미래가 될 나에게 말한다.
함께 가자.
아빠의 사랑이 나를 깨우친다.
아빠, 미안해요. 그리고 감사합니다.
사랑해요.

눈물이 난다.
엄마가 보고 싶었다.
전화기 버튼을 또 눌렀다.

monologue 서준

엄마가 가출하셨다고?

전화를 했다. 신호는 가지만 전화는 받지 않으신다. 또 했다. 받지 않으신다. 또 했다. 받지 않으신다. 일부러 받지 않으시는 걸까? 어디로 가신 걸까? 나 때문에 속상해서 집을 나가신 것일까?

하이의 말이 머리를 맴돈다.
"부모님 도움 없이 잘 돼야 의미 있고 그게 진정한 성공 아닐까요? 그게 간지 나는데. 전 부모님 도움으로 사업 자금 마련한 애들 보면 하나도 안 부럽고 안 멋지더라고요."

뭔가 한 방 맞은 기분이다. 동생의 눈에 비친 나는 간지 안 나는 못난 형이구나. 언제부터 투덜거리고 남 탓만 하는 찌질이가 되어버린 거지. 혼자 고생하시는 엄마한테 힘은 못 되어 드릴망정 모든 탓을 돌리기만 하고.

하이를 떠올려봤다.
하이는 사교육도 받지 않았고 대학 학비도 들지 않았고 사업 자금도 받은 적이 없다. 그런데 그런 하이가 누구 탓을 하는 것을 본 적이 없다.

어릴 때 하이는 집 안에 있는 온갖 전자 제품을 분해했다. 그때 내가 잔소리 좀 했는데 부모님은 아무 말씀 안 하셨다. 어느 순간 인터넷으로 강의를 찾아 듣더니 더 풍부한 자료가 있는 해외 사이트로 공부하려면 영어가 필요하다는 걸 알고는 팝송과 영화로 영어를 배우더라. 영어 학원 한번 다닌 적 없는데 현재 영어 실력은 유학파인 서희 누나에 맞먹는 거 같았다. 학원 강습부터 개인 레슨까지 사교육 잔뜩 받으며 성장한 나보다도 월등히 낫고 말이다.
하이는 영어 실력을 차곡차곡 쌓더니 해외 사이트의 교육을 통해 프로그래밍 독학을 했다. 그리고 그 사이트에서 주최한 프로젝트에 참여도 하면서 해외 친구들도 사귀는 것 같았다.

그때 프로그래밍이며 영어 실력이 더 느는 것 같았다.

카이스트에는 장학생으로 입학해서 대학 입학금도 들지 않았다. 그런데 나로서는 상상도 할 수 없는 짓을 저질렀다. 1년 다니고 대학 자퇴를 한 것이다. 남들이 다 부러워하는 그 학교를. 창업을 일찍 하고 싶어서 그랬다고 했다. 시간이 중요하고 시간을 아껴야 한다고 했다. 학교에서 배우는 학과는 해외 인터넷 강좌로 커버가 된다나. 남들이 연연해하는 대학 졸업장에는 관심도 없는 듯했다. 그때 나는 세상 물정 모르는 자식이라고 했지만 사실 가슴 한구석은 부러웠다. 세상의 시선에 개의치 않는 그놈의 패기와 자유로운 영혼이.

고군분투하면서 사업하고 있는 거 같고 몇 번 실패한 듯 보이지만 그게 하이의 스타일이다. 직접 뛰어들어 체험해가며 핵심에 접근하고 있는 것이다. 실패가 아닌 분명 성공의 과정이라고 생각할 것이다. 학교에서 편하게 수업받는 거보다 체득하는 그 과정이 더 값진 교육이라 생각할 것이다.
하이는 그가 가는, 가고 싶어 하는 방향을 잘 알고 있다. 그 자식은 내가 강의 시간에 자주 강조하는 ROI, 투자 대비 수익률이 지금도 높지만 앞으로 아주 엄청날 것 같다는 직감이 온다. 부모님께 돈으로 투자받은 게 거의 없는데 엄청난 걸 터트릴

놈 같단 말이다.

음, 나에 대한 ROI는 어떠한가? 유학을 제외한다면 주위 잘 산다는 친구들과 비교해도 부족함 없는 지원을 받았다. 학원, 영수 개인 과외, 수영, 테니스 등 사교육의 최고봉으로 지원을 받았다.

학창 시절에 재석이와 항상 비교되었다. 둘 다 잘생기고 공부 잘한다고 최고의 인기를 누렸기 때문이다. 공부는 언제나 내가 앞섰다. 운동은 비슷하게 잘했다. 재석이는 패션 감각이 뛰어났다. 아니 패션 감각이 뛰어났다기보다는 아이들이 부러워하는 브랜드의 옷으로만 입고 다녔다.

엄마는 대부분 반포 고속버스터미널 의류상가에서 옷을 사줬다. 브랜드 옷이 아니다. 한 번은 재석이가 입은 브랜드 옷이 너무 갖고 싶어서 엄마한테 졸랐다. 엄마는 생활비와 과외비가 빠듯하다고 안 된다고 했다. 그리고 또 고속버스터미널 의류상가로 데리고 갔다. 엄마는 여러 가게에 들러 이 옷 저 옷을 입혀보고 가격흥정을 했다. 난 여기서 옷을 사고 싶지 않다고 계속 칭얼거렸다.

다음 날 나는 사준 옷을 입지 않았고 도시락 챙겨 가는 것도 잊은 채 등교했다. 엄마가 점심시간에 도시락을 가지고 오셨다. 처음엔 그럴 생각이 아니었는데 화가 났다는 것을 보여주기 위해 도시락을 먹지 않고 저녁에 그대로 들고 왔다. 그리고 그날 처음으로 종아리를 맞았다. 그날 밤 잠자리에 들었을 때 방문 소리가 났다. 나는 잠자는 척했다. 엄마는 이불을 걷고 내 다리에 연고를 발랐다. 약간의 흐느끼는 소리가 들렸다. 마음이 아팠다. 그때 내가 나쁜 놈이라는 생각이 들었다. 다음 날 고속버스터미널에서 사준 그 옷을 입고 등교했고 도시락도 깨끗하게 싹싹 다 비웠다. 집에 오니 내 방에 내가 원했던 그 브랜드의 옷이 걸려 있었다. 눈물이 났다. 내가 또 나쁜 놈이라는 생각이 들었다.

유학 못 간 탓을 누나에게, 엄마에게 돌리지만 사실 내 능력으로 혼자 힘으로도 유학을 갈 수도 있었다. 정부에서 지원하는 국비 장학생에 선발되어 입학하고 치열하게 알바하면서 학위를 딸 수도 있었으리라. 그런데 그게 간지가 안 난다고 생각했다. 재석이는 외제 차 끌고 좋은 집에 살면서 공부할 텐데 난 빈티 나게 햄버거집에서 알바하며 공부할 생각을 하니 내키지 않았다. 그리고 솔직히 말하면 소수의 정부 장학생으로 선발될 자신도 딱히 없었다. 큰소리쳤다가 떨어지면 무슨 망신인가.

학비 걱정 없이 여유롭게 공부하면서 주말에 외제 차 끌고 놀러 갈 재석이가 너무 간지나 보였다. 나에겐 간지가 그런 것이었다. 남들이 부러워하는 조건으로 플렉스 하는 거.
그런데 하이는 그런 플렉스가 간지가 안 난다고 했다. 안 부럽고 안 멋지다고 했다. 스스로의 힘으로 그런 조건을 만들어야지 부모님의 도움으로 만든 조건은 간지가 아니라는 거지. 갑자기 내가 허세 낀 꼰대같이 느껴졌다.

엄마의 나에 대한 헌신과 사랑은 각별했다. 나를 부르는 호칭은 항상 아들, 이었다. 할머니는 특히나 나를 떠받들어 주었다. 나를 부르는 호칭은 내 강아지, 였다. 우리 집안의 기둥이라고 했다. 어느 순간 아들이 특별한 존재라도 되는 줄 알았나 보다. 우리 집안의 기둥이라 최고의 대접을 받는 것은 당연하다고 생각했다.

서희 누나를 떠올려봤다.
아빠와 엄마에게 서희 누나가 나보다 더 특별한 대접을 받고 있다고 느낀 적이 많았다. 아들 찬스도 서희 누나 앞에서 무색했다. 누나는 학교에서도 나보다 더 주목을 받는 존재였다. 정말 최고의 인기를 누렸다. 사실 재석이와 재석이 형 그들 형제가 내 주위를 맴돈 것도 그 형제가 누나를 좋아해서라는 걸

일찌감치 눈치챘다. 사실 내 인기에는 서희 동생이라는 후광도 한몫했다. 서희 누나의 동생이라는 걸 이용 아닌 이용하면서도 난 누나를 솔직히 질투했던 거 같다. 마치 누나 때문에 유학 못 간 거처럼 나를 합리화시켰다. 나의 무능력과 치열하게 살고 싶지 않은 허세를 누나 탓으로 묻어 버렸다. 나의 현재가 무기력하게 느껴진다면 그건 다 누나 탓이고 엄마 탓이라고 돌리면 그만이었다. 그렇게 그들을 감정적으로 괴롭혔던 것이다. 하지만 누나에게 그런 감정만 있는 건 아니다.

누나의 인기를 등에 업기도 하고 누나를 질투하기도 했지만 그리고 현재 누나가 답답하기도 했지만... 누나가 멋지다고 생각했다. 나는 누나처럼 무엇에 그렇게 열정적으로 빠져 추진해 본 적이 없었다. 누나에게 상처 주며 할퀴기도 했지만 누나가 이제 어두운 굴속에서 나와 날았으면 좋겠다. 다시 자랑하고 싶다. 이서희 동생이라고.
누나에 대한 ROI는 현재로서는 낮지만 정말 하이의 말대로 누나는 폭발적인 가능성을 내포하고 있는 무형자산을 가지고 있는 사람이다.

서현 누나를 떠올려봤다.
나는 은근히 서현 누나를 무시했다. 누나는 인기도 없었다. 욱하는 성질도 있어 말도 함부로 한다. 난 싸울 때면 누나의 컴플렉스일 수도 있는 전문대 출신이라는 것을 은근히 꼬집었다. 그럴 때마다 누나는 쿠야시, 하고 작은 소리로 말했다. 그때는 몰랐다. 그게 무슨 뜻인지. 나중에 그게 일본어로 내가 뭘 보여주고 말 거야, 나중에 두고 보자, 라는 그런 속뜻이 있다는 걸 알았다. 난 쿠야시 누나라고 놀려 댔다.

근데 정말 그렇게 되었다. 못난이로 취급받던 서현 누나는 우리 남매 중 현재 유일하게 자가를 가지고 있으며 능력 있는 남편에, 대기업 출신으로 자신의 사업도 시작했다. 본인이 공부하기 싫다고 해서 사교육도 서희 누나나 나처럼 많이 받지도 않았고 대학 학비도 가장 적게 들었다. ROI로만 보면 아주 훌륭한 성적이다.

나의 ROI는 어떠한가. 현재의 ROI는 높지 않다. 미래의 ROI는? 문득 이런 생각이 들었다. 현재 ROI가 높은 두 사람, 하이와 서현 누나를 보면 자식에게 투자되어야 하는 게 돈이 우선순위가 아니라는 거구나, 라는. 나는 네 남매 중에서 유일하게 자녀를 가지고 있는 사람이다. 나는 나의 자식에게 무엇을 투자해야 하는가. 그리고 나는 학계에 있는 사람이다. 나는 지금껏 어떤 기준으로 사람을 판단한 건가. 나는 어떤 선생이 되어야 하는가.

명상하듯이 나와 주위를 둘러보니 잘난 체하고 남 탓만 하는 내가 서 있었다. 잘나가지 못한 교수가 된 것도 배우자 선택도 다 엄마 탓으로 돌렸으니 엄마는 얼마나 억장이 무너졌을까. 나의 사랑스러운 쌍둥이가 훗날 나에게 그런 말을 한다면 감당하기 어려울 것 같다. 내가 도대체 엄마한테 무슨 짓을 한 건가.

You've got mail.
메일 알람이다. 학교 계정이 아니다.
개인 계정으로 오랜만에 오는 알람이다.
편지함을 열었다.
믿을 수가 없다.
아빠!
고개를 흔들었다.
꿈이 아니다.
아빠….

　나의 친구, 서준아.
　눈을 감고 너를 상상해 본다.

서준이는 지금쯤 최고의 인기를 누리고 있는 교수가 되어 있겠지.

너와의 추억이 가슴에 흐른다.
너와 나만의 추억. 함께 축구를 하고, 테니스를 치고, 목욕탕에 가고, 엄마 몰래 술을 마시던 추억. 그 추억 때문에 아빠는 너무 행복했어. 네가 아빠 닮아서 잘 생기고 머리 좋고 운동도 잘한다는 소리를 들으면 어깨가 어찌나 으쓱하던지.

살다 보면 자신이 선택한 것에 후회할 날이 온다. 그렇지만 서준아, 완벽한 선택이란 없단다. 명심할 건 자신의 선택이 만족스럽지 못하더라도 남 탓하지 말 것. 그리고 남이 아닌 너 자신에게 지는 습관을 버릴 것. 알면서도 지게 되는 습관을 선택하지 마. 그것이 바로 성공하지 못하는 습관이란다.

서준아, 최고의 선택을 못 했더라도 최선의 선택을 하자. 언제나 그곳에 길이 있단다.

아빠와 엄마가 널 얼마나 자랑스러워하는 줄 알지? 너의 탄생은 우리 집안을 밝혀 주었고 너와 함께한 시간을 아빠는 잊지 못할 거야. 바쁘다는 핑계로 너와 추억이라는 시간, 대화라는 시간을 더 가지지 못해서 너무 아쉽구나. 아빠와 못다한 추억이라는 소중한 시간을 엄마와 많이 나누길 바란다.

부탁할 것이 있단다. 엄마의 운동 트레이너가 되어 주겠니? 엄마와 함께 운동을 안 한 것이 너무나 후회가 되는구나. 꾸준히 운동한다는 것은 정말로 중요한 일이야. 행복으로 가는 길의 기본이지. 엄마의 몸과 정신이 건강하고 편안해지기를 네가 도울 수 있을 거야. 네가 동기부여를 하면 엄마는 꼭 할 거야.

서준아, 너의 성공하는 습관을 응원한다.
너와의 추억이 무척이나 그리울 것 같다.
사랑한다.

아빠와 술 한잔하며 대화를 나눈 느낌이다.
과거의 아빠가 미래의 나에게 그리운 응원을, 따듯한 가르침을 주고 계신다.
현재의 내가 새로운 미래가 될 나에게 말한다.

최선의 선택을 하자.
아빠의 사랑이 나를 일으킨다.
아빠, 미안해요. 그리고 감사합니다.
사랑합니다.

눈물이 난다.
엄마가 보고 싶다.
전화기 버튼을 또 눌렀다.

monologue 하이

하이야, 엄마 잠깐 집을 떠나 있을까 해. 걱정하지 말고.
사실상 엄마가 가출하신 건 아니다. 잠깐 떠나 있겠다고 말씀하고 나가신 거니까. 다만 가출이라는 표현을 쓴 건 누나와 형에게 어느 정도의 자극이 필요하다고 생각해서이다. 때로 자극은 외면하고 싶은 또는 깨닫지 못한 진실을 들여다보게 해준다.

난 어릴 때 매일 아침 아빠와 등산을 했다. 동네 수리산 감투봉을 다녀오는 코스다. 왕복으로 1시간 반 정도 걸린다. 아빠는 공부에 대해 어떤 강요도 하지 않으셨지만 내가 아침 일찍 일어나 운동하는 습관을 지니게 하려고 애쓰셨다.

우리가 집에서 출발하는 시간은 해뜨기 직전이다. 등산로 입구가 있는 도로 앞쪽으로 우리가 발견한 핫스팟이 있다. 그곳에서 해뜨기 직전의 찬란하고 다채로운 빛깔이 광활하게 펼쳐진다. 가슴 설레고 벅차다. 등산하는 동안 해가 시나브로 떠오른다. 우리는 시시각각으로 변하는 햇살의 마사지를 맞으며 오르락내리락하는 과정을 거쳐 감투봉 정상에 도착한다.

처음에는 아침에 일찍 일어나는 것이 쉽지 않았지만 해의 기운을 느낀 후부터는 그렇게 하루의 시작을 할 수 있다는 것이 너무 감사했다. 그 시간에 엄마는 아침 식사 준비와 도시락 싸느라 바쁘셨고 전날 늦게까지 공부한 누나와 형은 정신없이 자고 있었다. 마치 나는 그 신비로운 기운을 느낄 수 있는 선택 받은 사람 같았다.

새해 첫날에는 이른 새벽에 일출을 보기 위한 사람들로 붐빈다. 그날 하루, 사람들은 힘들게 일찍 일어나 일출을 보고 환성을 지르며 뿌듯해한다. 나와 아빠는 매일 아침 가볍게 일어나 일출의 기운을, 일출의 과정을 매일 경험한다. 그리고 난 그 기운이, 그 습관이 나의 육체와 정신을 강하고 건강하게 만들었다고 믿는다.

그 아침에는 또 다른 매직이 있었는데 내가 의식하지 않으면서 자연스럽게 수업을 받고 있었다는 것이다. 오르락내리락하는 등산의 과정에서 아빠와 나눈 대화를 나는 아침 수업이라 부르고 싶다. 아빠는 시행착오를 통해 얻은 깨달음을 들려주셨고 아빠의 후회가 반면교사가 되어 내가 올바른 방향으로 선택할 수 있도록 자양분을 건네주셨다.

"하이야, 아빠는 네가 하고 싶은 것을 할 수 있고 하고 싶지 않은 것을 하지 않는 자유를 가지기를 원해. 자유롭게 높이 날아서 멀리 볼 수 있는 사람이 되길 원해. 인생을 살다 보면 우리가 이렇게 등산을 하면서 오르락내리락하는 과정을 거친단다. 근시안적으로 내려가는 과정을 거칠 땐 힘도 빠지겠지만 원하는 쪽으로 가고 있는 방향이 맞다면 그 과정은 거뜬하게 이겨낼 수 있지. 아빠는 네가 가고자 하는 그 방향을 잘 찾을 수 있도록 도와줄 뿐이야."

"아빠, 돈을 많이 벌면 자유로워질까요? 엄마가 매일 돈 얘기하는데 저 돈 많이 벌어서 엄마를 돈에서 해방해주고 싶어요."

"우리 하이 착하구나. 자유로운 삶에 돈은 아주 중요한 요소지. 그런데 돈을 좇는 삶이 되지 말고 돈이 따라오는 삶이 되어야 해. 자신이 어떤 방향으로 가고 싶은지 모른 채 돈만을 좇는다면 내리막길이 나올 때 견디기가 쉽지 않아. 우선 네가 어떤 방향으로 가고 싶은지 어떤 소명을 가지고 살 것인지 정하고 그 길을 힘을 빼고 즐거운 마음으로 간다면 그리고 포기하지 않는다면 돈은 하이에게 친구 하자고 다가올 거야. 그리고 하이에게 온 돈을 가치 있게 쓰는 것이 중요해. 돈에 연연해하는 사람은 돈을 벌고도 돈의 노예가 되지. 그런 사람은 돈을 벌고도 자유로운 삶을 살 수 없어. 사랑하는 사람을 돈의 구속에서 벗어나게 해 삶의 본질을 들여다보게 해주고, 더 나은 세상을 위해 쓰이는 돈은 가치가 있지."

매일의 일출 운동과 아침 수업은 나의 삶의 건강한 바탕이 되었다. 꾸준히 걸으면서 나는 나의 삶의 방향을 결정하고 있었다. 자연의 신비롭고 건강한 기운은 나의 길에 영감을 던져주기도 했다. 비록 지금 스타트업에서 밤낮으로 일하면서 등산을 가지는 못하지만 그때 다져진 아침 습관은 삼성동 작은 피트니스클럽의 러닝머신 위로 이어지고 있다.
가슴에 해를 품고 말이다.

어린 시절, 엄마는 매일 일정 시간 다양한 장르의 책을 읽어주셨다. 어쩌면 학원을 보내지 않는 마음의 불안함을 그렇게 달래셨을 수도 있다. 하지만 그 시절의 매일의 독서가 나의 상상력의 원천이었다. 어느 순간, 엄마는 책을 읽어주지 않았다. 대신 우리는 이야기를 만들었다. 이야기 잇기. 엄마가 먼저 두 문장만큼의 이야기를 만들면 내가 그 뒤를 이어 그만큼의 이야기를 만들어내며 주고받으면서 스토리를 완성해 나가는 것이다.

우리 두 사람이 작가가 되어 인물을 만들고 이야기를 확장해 나가는 그 과정은 정말이지 너무 재미있었다. 나는 엄마가 만들어내는 인물과 세계가 너무나 흥미로워 매일 더하자고 졸라댔다. 매일 집안일에 동동거리는 엄마가 다르게 보였다. 엄마의 새로운 발견이었다. 엄마에게 이런 능력이 있다니. 엄마는 내가 만드는 이야기가 엄마에게 신선한 영감을 불러일으킨다고 했다. 엄마도 나한테 놀란다고 했다.

매일의 이야기 만들기는 나의 창의력을 성장시켜 주었다. 나는 우리가 만든 이야기를 그림으로 그리고 싶었다. 벽에다 떠오르는 대로 그렸다. 엄마는 혼내지 않았다. 나중에는 한 벽면을 그리고 지울 수 있는 보드로 만들어 주셨다. 성인이 되어 그 보드에 난 나의 목표나 떠오르는 아이디어를 적는다.

엄마와 공동 작가로 이야기를 만들던 그 시간은 나에게 소중한 추억이다. 작가로서 훌륭한 자질을 가지신 엄마에게 존경심을 품었다. 훗날 알게 되었다. 엄마가 대학에 문학 전공으로 입학했는데 삶의 우선순위에 치여 꿈을 펼치지 못하셨다는 것을.

날아올라
핸드폰으로 메일 알림음이 울렸다.
편지함을 열었다.
미래를 향해 온 편지였다.
마치 그동안 우리 곁에서 천천히 걷고 있었던 듯한.
그리운 아빠….
편지를 읽어 내려가는 손이 살짝 떨렸다.

하이야,
우리 멋진 하이야,
네가 우리에게 온 날이 기억나는구나. 너라는 보물이 우리의 품으로 날아든 날.
난 너에게 자유를 주고 싶었고 넌 너의 자유를 훌륭하게 발전시키더구나.

너에게 사교육을 시키지 않은 것이 한편 불안하기도 했지만 너의 선택이 우리의 선택을 후회하지 않게 했어. 네 남매 중 함께한 시간은 네가 제일 적지만 가장 많은 대화를 나눈 건 바로 너였단다. 너의 말 한마디 한마디는 나에게 경이로움이었단다.

너를 세 남매와는 다른 방식으로 키운 것이 사실 나의 새로운 도전이었어. 뒤늦은 깨달음에 대한 도전. 혹시라도 나의 실수일까 봐 조바심이 났지만 너의 성장은 우리의 자신감이 되었어. 사교육보다 우리 부부의 도전이 너에게 더 값진 가치였기를 바란다.

하이야, 아빠는 또 새로운 도전을 뒤늦게나마 하나 더 해보았단다. 몇 년 전부터 사교육비보다도 적은 돈이지만 매월 조금씩 적립식 저축하듯이 한 종목의 주식을 사 모았어. 너 알지? 아빠가 젊을 때 주식 잘 못해서 엄마 속 썩인 거. 그때 아빠는 흙 속의 진주 캐낸다고 잘 알려지지도 않은 회사의 주식을 샀고 상폐되는 아픔을 겪었지.
그래서 이번에 엄마한테는 알리지 않고 아빠 용돈의 일정량을 가장 우량주라고 생각한 삼성전자를 매월 샀단다. 그게 벌써 5년이 되었구나. 네가 이 편지를 열어 볼 때면 주식 가격이 얼마가 되어 있을지 아빠도 궁금하다. 그때는 네가 너무 어려서 삼성증권에 엄마 이름으로 계좌를 만들었어.

비밀번호는 우리가 등산을 시작한 날. 우리 매년 기념일 가졌으니까 기억하지? 하하.

적은 돈이지만 너에게 어떤 도움이 되었으면 했단다. 더 빨리 시작 안 한 걸 후회하기도 했지. 네가 메일을 받게 되는 날, 이 돈이 얼마가 되어 있을지 모르겠지만 네가 쓰고 싶은 곳에 잘 쓰기 바란다. 아, 그리고 이번 주식으로는 엄마한테 혼이 안 났으면 좋겠구나. 하하.

그리고 또 하나. 미국에서 사업하고 있는 아빠 친구, 재정 아저씨 알지? 그 친구 덕분에 알게 된 정보인데 비트코인이라는 것이 있단다. 보내준 레포트를 읽어보니 뭐랄까, 비트코인 아니 블록체인이라는 것이 세상을 크게 혁신할 수도 있겠다는 생각이 들었어. 아직 국내에 아는 사람도 별로 없는 것 같더구나. 여유자금도 없고 리스크도 커서 그냥 푼돈으로 비트코인 5개만 사 보았단다.

네가 이 메일을 받을 즈음, 비트코인이라는 것이 존재도 없이 사라져 있을 수도 있어. 워낙 푼돈으로 산 거라 말하지 말까 망설였는데 뭐, 우연한 행운이란 것도 있잖니.

비트코인 지갑에 대한 정보는 어떤 책 속의 여백에 적어 놓았단다. 그 책은 말이지. 〈차라투스트라는 이렇게 말했다〉라는 책이야. 아빠가 아끼던 그 오래된 원서 알지? 그 책 196p에 보면 비트코인 만나는 법을 알게 될 거야.

행운을 빈다.

적은 돈 크게 쓰기 바란다.
사랑한다. 우리 하이.

아, 아빠....
가슴 깊은 곳에서 따뜻한 눈물이 흘렀다. 아빠의 새로운 도전이 제게 도전하는 가치를 깨닫게 했어요. 전 너무 훌륭한 교육을 받았답니다.
그리고 삼성전자와 비트코인이라니. 아, 아빠, 아빠가 남겨주신 자산은 적은 돈이 아니에요. 둘 다 엄청난 성장을 했어요.

〈차라투스트라는 이렇게 말했다〉 그 책 최근에 못 본 것 같은데. 아빠가 소중하게 아끼셨던 그 책은 오래돼서 바랜 독일어 원서이다. 잊고 있었다. 그 책의 존재를. 아빠의 서재를 내 서재로 쓰고 있다. 그리고 아빠가 큐레이션 해 놓으신 책들을 틈날 때마다 읽고 있다. 그런데 그 책 최근 몇 년간 책꽂이에서 본 기억이 없어.

그때였다.
가족 카톡 방에 문자가 올라왔다.

  엄마는 잘 있어. 걱정하지 마.
  2주 후에 돌아갈 거야.

The way we were

기차를 타고 내려 부동산 가게에 편지에 쓰인 주소를 보여주면서 묻고, 버스를 타고 내려 또 길에서 묻고 확인하면서 도착했다.

그곳에.
소나무 숲이 뒤로 둘러싸인 그곳에.

귀여운 얼굴을 가진 듬직한 외모의 백구가 나를 향해 짖는다.
하지만 왠지 무섭지 않다.

"계신가요?"

"이제야 오셨군요."

갑자기 등 뒤에서 목소리가 들린다. 나와 비슷한 나이대로 보이는 한 남자가 서 있다. 그런데 얼굴이 낯설지 않다. 어디서 본 듯하다.

"누구시죠?"

"기다리고 있었습니다. 이제훈 선배님의 후배 공유입니다. 이제서야 진짜 집주인이 오셨네요. 선배님이 저에게 이 집을 맡기셨어요. 형수님이 오실 때까지 관리도 부탁했구요."

"전 전혀 몰랐어요. 그이가 남긴 메세지에 주소가 적혀 있길래."

"네. 선배님이 형수님이 오시기까지 시간이 꽤 걸릴 수 있다고 했어요. 올해도 안 나타나시면 제가 찾아뵈려고 했습니다. 하하. 열쇠 가지고 계시죠? 한번 들어가 보시죠. 전 여기서 기다리고 있겠습니다."

놀란 가슴이 진정을 하지 않았다. 아니 당신 무슨 짓을 한 거야? 떨리는 손으로 현관문을 열었다. 따뜻한 햇살을 가득 품은 거실이 나타났다. 통유리창으로는 마당의 푸른 신록들이 보였다.

"여보, 있잖아. 난 우리 거실 창 너머로 삭막한 아파트 건물이 아니라 푸른 신록이 보였으면 좋겠어. 비가 오는 날이면 통유리창에 부딪히는 비의 리듬을 즐기고 대지로 떨어지는 빗소리를 들었으면 좋겠어. 그러면 난 좋아하는 영화음악을 들으면서 커피 한잔하는 거지. 여유로운 시절이 오면 그런 집에 살고 싶어."
그런 풍경을 가진 거실이었다. 당신은 내 말을 기억하고 있었어.

한쪽 선반 위에는 턴테이블이 있었다. 우리가 젊은 시절 함께 들었던 음반이 있었고 그리고 그 옆으로는 카세트가 있었다. 아, 그 파나소닉 카세트. 더 이상 쓰지 않는 그 카세트를 내다 버린 줄 알았다. 너 여기 있었구나. 카세트 옆에 있는 테이프를 들어 보았다.
회사 다니던 시절, 그이가 선물이라며 수줍게 책상 위에 놓고 갔던 내가 좋아하는 가요와 팝송들을 녹음한 테이프. 이곳엔 우리의 젊은 시절이 있었다. 맞아, 내가 이 노래들을 좋아했었지.

맞은편 선반 위에는 다양한 크기의 사진 액자 속에 내가 있었다. 책들도 몇 권 놓여있었다. 사진 속에는 그이도 없고 아이들도 없다. 그가 찍은 나의 사진들. 잊고 있던 나의 모습들. 특히 나의 20대 사진들이 제일 많았다. 내가 이런 해맑은 미소를 가지고 있었구나. 이런 화려한 컬러의 옷을 입고 다닌 적이 있었구나. 이런 책을 읽었었구나.

아련한 감정이 온몸을 휘감았다.

  당신만의 공간에 온 걸 환영합니다. 이제라도 당신에게 집중해 봐요.

그이가 오랜만에 나에게 말을 걸었다.
카드에 쓰인 수려한 필체에서 그이가 느껴졌다.

발길을 돌려 들어간 방 중앙에는 TV가 놓여 있었는데 낯이 익는다. 멀쩡히 TV가 잘 나오고 있었는데 아이들이 큰 사이즈의 최신형 TV로 바꾸자고 해서 아쉬워하며 TV를 바꾼 적이 있었다. 예전 그 TV였다. 그리고 예전 그 TV 아래 역시나 버린 줄 알았던 비디오 플레이어가 있었다. 옆에는 비디오테이프 몇 개가 가지런히 쌓여 있었다. 맞다, 내가 이 영화들을 좋아했었지.

　이곳은 당신의 영화관이야.

맞은편 방은 침실이었다. 아담한 사이즈의 침대 너머로 하늘거리는 푸른 신록이 보이는 세로로 긴 창문이 나 있었다.
침실에서도 대지로 떨어지는 빗소리를 들을 수 있겠구나.

방을 나와 주방으로 들어갔다. 정갈하고 따듯하다. 주방 기구들도 소박하게 갖추어져 있다.

　채소는 마당에서 재배되고 있을 테고, 계란은 옆집에 맡겨 놓은 닭(아마도 당신이 올 때쯤 그들의 후세이겠지만)들이 제공해 줄 거예요.

식탁에서도 그이가 말을 걸었다.

배가 고팠다. 아주 많이.
나를 위한 음식을 하고 싶었다. 온전히 나를 위한 음식을.

내가 원했던 풍경을 가진 거실과 온전히 나를 위한 음식을 할 수 있는 주방과 그리고 그리웠지만 차마 되돌아보지 못했던 나의 젊음이 있는 그런 공간이었다. 내가 좋아했던 것조차 잊고 있던 음악과 영화가 있었다. 나한테만 집중할 수 있는, 나를 편히 쉬게 할 수 있는 그런 공간이었다.

푸르른 신록이 내다보이는 거실의 통유리창 앞에는 시간의 흐름이 따듯하게 묻어나는 나무 책상이 있었다.
글을 쓰기 위한 최고의 장소구나, 그런 생각이 들었다.

책상 위의 작은 책꽂이에는 한 권의 책이 꽂혀 있었다. 〈차라투스트라는 이렇게 말했다〉.
웃음이 나왔다.
그 책 옆에 가지고 온 책, 〈니체가 말했다 여기가 거기니?〉를 가지런히 세웠다.
여보, 니체와 또 만났네.

마당으로 나가니 후배가 개와 장난치고 있었다.

"둘러보셨나요? 아, 이놈이랑도 인사하셔야죠. 얘 이름은 삽살이입니다. 너무 토속적이죠? 하하. 얘가 새끼 때부터 이곳을 지킨, 이제 어르신입니다."

삽살이가 멍멍 짖었다. 반갑다고 인사를 하는 것 같았다. 따듯함이 있었다.

"궁금하시죠. 어찌 된 일인지. 저희 부부가 서울을 정리하고 이곳 생활을 시작한 지 벌써 10년이 넘었네요. 젊은 시절부터 이곳에서 농사지으며 살고 싶었거든요. 저희가 지금 살고 있는 집을 살 때만 해도 거의 헐값이었어요. 그즈음 선배가 저의 집에 놀러 와서는 매물로 나와 있는 옆집을 구매하고 그리고 저한테 맡겼습니다. 진짜 주인이 오실 때까지 관리도 부탁했구요. 아시죠? 선배가 남한테 인정 많이 베푸시는 거. 제가 여러 가지로 빚진 게 많거든요, 선배한테. 그냥 무슨 사정이 있겠지 하고 선배가 시키는 대로 했습니다. 얼마 지나지 않아 그 이유를 알게 되었죠. 제게 스승 같은 분이었는데 너무 슬펐습니다. 선배한테 보답하기 위해서라도 집 보수 관리를 열심히 했습니다. 그리고 형수님이 오실 날을 기다렸습니다. 생각보다 아주 늦게 오신 것 같아요. 이 집도 그 당시 얼마 안 했는데 지금 좀 올랐습니다. 집값 폭풍이 이곳까지 들썩이게 하더군요. 세컨하우스가 유행이라서 그런 것도 있다고 하더라구요."

"정말이지 전혀 몰랐네요. 그 오랜 세월 동안… 너무 감사합니다."

"별말씀을요. 채소들은 여기 마당에서 잘 자라고 있고요. 그동안 제가 재배하고 갖다 먹었습니다. 하하. 그리고 맡겨 놓으신 닭들이 새끼를 많이 쳤어요. 지금이 몇 세대이지? 어쨌든 다시 집으로 돌려보내겠습니다. 싱싱한 란들 그냥 드셔도 됩니다. 우리 어릴 때 생계란 그냥 깨서 먹은 거 기억나시죠? 그리고 쌀은 저희가 농사를 지으니 걱정 안 하셔도 되고. 아, 저희가 과일 농장을 몇 년 전부터 시작해서 과일도요. 그리고 여기 마당에 있는 감나무에서 매년 감도 탐스럽게 열립니다. 필요하신 다른 물건들은 여기서 시장이 멀지 않습니다. 오일장도 열린답니다. 자세한 설명은 차차 들으시고 오시느라 힘드셨을 텐데 오늘은 일단 들어가서 쉬시죠."

모든 것이 당황스러웠지만 이상하게 마음이 편안했다. 마치 고향에 온 것 같았다.
거실 소파에 앉아 통유리창 너머의 풍경을 응시했다. 마치 비가 오는 듯한 티포트 물 끓는 소리가 그 시절의 물소리로 나를 데리고 갔다.

"제가 커피 탈게요."

당시 나는 계약직 인턴이었고 남편은 신입이었다.
마침 회의실을 지나가던 나를 다른 팀 팀장이 불러 세웠다.
"미스 정, 여기 커피 네 잔 부탁해."

난 당황했지만 시키는 대로 안 할 수도 없어서 탕비실로 향하고 있는데 그때 남편이 갑자기 일어나더니 아, 제가 커피 탈게요, 하는 거 아닌가.
고요한 탕비실에서 물 끓는 소리가 유난히 크게 들렸다. 우리는 서로 어색하게 웃으며 서 있었다. 남편은 커피를 타서 혼자서 회의실로 가지고 갔다. 그때부터였다. 이 남자가 눈에 들어온 게.

그리고 얼마 지나지 않아 알게 되었다. 이 남자가 여자들 사이에서 최고 인기남이라는 것을.
그는 키가 크고 꽤 잘 생겼다. 그리고 일도 잘해서 능력을 인정받고 있는 것 같았다.

사실 나도 꽤 인기가 많았다. 나는 더줄 신입 사원들과 거의 나이가 맞먹는 인턴이었다. 고등학교를 졸업하고 알바를 몇 군데서 했다. 사무실에서 타자도 치고, 교환수도 해보고, 신문배달도 해보고, 공장에서 물건 포장도 해봤다. 그리고 밤마다 몰래 공부했다. 대학이 너무 가고 싶었다.

집에서는 대학 가는 걸 반기지 않았다. 그 시절은 그랬다. 다들 어려운 시절이었다. 부잣집 아니고서야 여자가 대학에 가는 건 흔히 있는 일이 아니었다. 엄마가 그랬다. 아버지 고향의 일대 전답은 다 우리 할아버지네 거였다고. 우리 엄마는 할아버지가 가장 아끼는 며느리였다고 한다. 그런데 큰아버지가 그 많던 재산을 탕진했다고 한다. 우리 아버지는 일찍 돌아가셨고 제대로 재산도 물려받지 못한 우리 엄마는 홀로 힘들게 우리 7남매를 키우셨다.

서울로 상경을 해서 오빠들은 엄마의 희생 아래 대학을 다녔지만 언니들은 고등학교도 가까스로 졸업했다. 다들 중간에 낀 내가 고등학교 졸업하고 생활비를 벌어야 하는 걸 당연하게 생각했다. 남동생은 대학 준비를 하는데 말이다. 고등학교 졸업하고 여기저기 일하면서 눈물을 많이 훔쳤다. 대학이 너무 가고 싶어서.

어느 날 밤, 엄마한테 대학 준비하는 걸 들켰다. 눈물로 호소했다. 희망 없는 삶이 싫다고. 대학에 못 간다면 살고 싶지 않다고. 엄마도 나를 껴안고 울었다. 그렇게 나는 남들이 대학을 졸업할 나이에 대학 신입생이 되었다. 숙명여대 영문학과.

가장 나이가 많은 신입생이었지만 그래도 좋았다. 다들 언니라고 불러도 그래도 좋았다. 학비를 벌고자 시간 날 때마다 알바를 했다. 그래서 대학 시절도 즐기지 못했다. 엠티도 못 갔고 미팅도 한 번 못 했다.

집안은 더 어려워졌다. 생활비를 대던 언니들이 시집을 갔다. 나의 알바비는 학비로도 모자랐다. 생활비와 동생들 학비도 마련해야 했다. 공부보다는 알바로 더 긴 시간을 보낸 대학 생활 1년을 마치고 휴학을 했다. 그리고 남편과 만난 그 회사의 계약직으로 들어갔다.
내가 입사하던 그때 나보다 나이 어린 신입사원들이 입사를 했다. 난 열심히 일했다. 대학으로 다시 돌아간다는 희망이 있었다. 학비와 생활비를 벌기 위해서 밤낮없이 일했다. 그런데 내가 번 돈은 대부분이 생활비로 나갔다. 결국 나는 대학으로 돌아가지 못했다. 나의 학력은 대학 중퇴 그러니까 다시 고졸이 되는 건가.

나보다 능력 없는 신입들이 대졸이라는 명분으로 나의 월급보다 훨씬 많이 가져가는 걸 보고 또 몰래 눈물을 훔쳤다. 한 무리의 집단이 은근히 나를 무시했다. 그들은 돈 많은 집안의 딸들로 어렵지 않게 대학에 들어간 소위 금수저들이었다. 그런데 그 금수저들이 그 남자한테 열광했다.

내가 남편의 구애를 받아들인 건 그 금수저들을 한 방 먹이려는 치기도 있었다. 잘났다는 너희들보다 이 남자는 나를 선택했어, 그런 치기.
사실 난 많은 남자들에게 대쉬를 받았다. 나도 놀랄 정도로. 그동안 일만 했고 대학도 여대 들어갔는데 미팅 한 번 해 본 적 없었다. 이렇게 큰 회사에서 일해 본 것도 처음이고 이렇게 많은 남자들이 모여 있는 곳도 처음이었는데 내가 이렇게 인기가 많을 수 있는 사람이라는 것이 신기했다.

모두한테 관심 없는 척 냉정하게 대했지만 내가 힘든 순간마다 나서서 도와주는 남편과 그리고 또 한 남자에게 눈길이 갔다. 유필립이란 이름의 남자. 그 남자는 활달한 성격의 남편과 달리 조용한 선비 같은 성격의 사람이었다. 내 책상에 맛있는 간식이나 선물을 말없이 두고 갔다. 그 사람은 서울대 나왔다고 했다. 형제도 그와 형뿐인데 형은 치과의사라고 했다. 아버지도 의사라고 했다. 이미 자기 명의로 집도 있다고 했다. 잘생겼다고 할 수는 없지만 호감 가는 분위기에 성격도 조용하고 매너도 좋다.

그에 반해 남편은 외아들로 위아래르 여자 형제만 한가득이다. 대학도 스카이 출신이 아니다. 다간 머리는 똑똑한지 상위 성적으로 회사에 입사했다고 했다. 딸 많은 집안의 기대주, 유일한 아들, 집안 형편도 그리 넉넉해 보이지는 않는 사람. 어차피 돈 많은 금수저 그녀들에게는 돈이 중요한 기준이 아니었는지 그녀들의 시선은 항상 남편을 따라다녔다.

남편은 운동을 잘했다. 회사 워크샵 가서 남자들이 농구 경기를 했는데 정말이지 농구 하는 남편의 모습은 남성적인 매력이 넘쳤다. 왜 그렇게 여직원들이 열광하는지 알 것 같았다. 근육질로 다져진 큰 키의 외모에 경기를 리드하는 실력까지 다른 남자들은 눈에 들어오지 않았다.
그이가 멋진 포즈로 슛을 했을 때 여직원들의 환호 속에서 그의 눈은 누군가를 찾고 있었다. 나와 눈이 마주치자 싱그러운 미소를 띠며 싱긋 웃었다. 매력적인 눈웃음과 함께. 나는 숨이 멎는 듯했다. 하지만 아무렇지도 않은 듯 바로 시선을 외면했다. 그때였던 것 같다. 그 사람한테 반했을 때가. 그동안은 나에게 관심을 보이는 잘생긴 사람 정도로만 생각했는데.

그는 항상 출퇴근 시에 책을 끼고 다녔다. 독일어로 된 원서였다. 니체의 〈차라투스트라는 이렇게 말했다〉라는 책이란 것을 나중에 알았다. 그는 꽤 오랫동안 그 책을 가지고 다녔다. 그가 운동을 잘할 뿐 아니라 매우 지적으로 보였다.

그렇게 그의 매력에 빠져들었다. 적극적으로 대쉬하는 그에게 결국 예스, 라는 대답을 하게 되었고 여직원들 공공의 적이 되었다. 그것을 안 유필립 씨는 회사에 얼마간 나오지 않았다. 결혼한 언니는 필립 씨 같은 사람과 결혼해야 편하게 살 수 있다고 했다. 나중에 알았다. 남편과 필립 씨가 주먹다짐까지 하며 싸운 것을.

우리의 연애는 길지 않았다. 결국 학교로 돌아가지 못하고 결혼을 했다. 남편도 결혼을 빨리하고 싶어 했고 우리 집에서도 나이가 꽉 찼다며 당연히 공부보다는 결혼을 선택해야 한다고 무언의 압력을 줬다. 결혼과 함께 회사를 그만뒀다.
우리는 남편이 모아 놓은 얼마 되지 않은 돈으로 결혼 생활을 시작했다. 방 한 칸 얻기도 빠듯했다. 그렇게 가난하게 시작했다. 결혼을 해서도 가난을 벗어나지 못한 것이다. 하지만 시댁에게 나는 더 잘난 여자를 만날 수 있는 잘난 아들의 기회를 박탈해버린 가난한 양반집 규수였다. 그것도 나이까지 한 살 많은. 재정적 지원 대신 시어머니와 시누이들은 냉정한 시선을 보냈다. 언니의 조언은 현실적이었다. 필립 씨 같은 사람이랑 결혼해야 너가 편해. 필립 씨는 우리가 결혼한 후 얼마 지나지 않아 회사를 그만두었다고 했다.

우리는 그렇게 양가의 어떤 재정적 지원도 받지 못한 채 방 한 칸 월세로 시작했다. 첫째가 학교 들어가기 전에는 꼭 자가를 마련하자는 목표로 남편은 성실하게 일했고 나는 아끼고 아끼며 절약하고 저축했다. 돌이켜보면 힘들었지만 한편으로 그와 함께 목표를 향해 가는 그 과정이 꿈이 있어서 그런지 불행하지는 않았다. 아니 행복했던 것 같다. 가난해도 행복할 수 있었다.

아이를 낳고 또 아이를 낳고 그렇게 늦둥이까지 네 남매를 키우는 과정은 희로애락을 경험하는 시간이었다. 뿌듯한 기쁨이 차오르면서도 화나고 서러움이 느껴지는 시간까지. 하지만 내 보물들이기에 최고의 경험을 하고 있다고 생각했다. 남편은 빠르게 승진했고 회사 일에 매진하느라 정신이 없었다. 나는 아이들의 교육에 온 정성을 다 쏟았다.

우리가 목표한 대로 첫아이가 학교에 입학하기 전 집을 마련했지만 아이들이 크면서 커지는 생활비에 사교육비까지 항상 허리띠를 졸라매야 했다. 꽤 넓은 정원을 가진 주택에, 임원이 된 남편에게 나온 기사 딸린 차까지 남들이 보기에는 풍족한 환경으로 보였지만 정작 나는 물 밑에서 바쁘게 발질을 하는 우아한 백조일 뿐이었다. 내가 꿈꾸었던 공부나 개인적인 계획은 이미 사라진 지 오래였다.

남편은 낙천적이고 호인이다. 그는 집안의 모든 대소사에 앞서서 베풀었고 친구와 후배에게 보증을 섰고 그때마다 나는 다시 허리띠를 세게 졸라매야 했다. 그가 집안에서, 친구와 후배들 사이에서 존경받고 인기 있는 존재가 되어갈수록 나는 바가지 긁는 아낙네가 되어가고 있었다.

내가 사교육비가 힘들다고 하소연해서 그가 주식에 손을 댄 것일까. 그가 주식으로 엄청난 손해를 본 것을 한참 후에야 알게 되었다. 더 이상 허리띠를 졸라매는 것이 버거웠다. 그 당시 아니 지금도 나는 주식에 투자하는 것을 좋게 보지 않는다. 목돈을 만들어 부동산에 투자해야지 주식은 손대서 안 되는 금기 사항이다.

그렇게 우리는 행복하기도 했지만 아이들 교육과 돈의 무게에서 자유롭지 못한 삶을 살았다. 열심히 앞만 보고 살았지만 자유롭게 위로 날지 못했다.

핸드폰을 열었다.
여기 오는 동안 핸드폰을 확인하지 않았다.
걸려 온 전화 수를 보고 흠칫 놀랐다.

네 남매와 함께 있는 가족 카톡 방에 들어가서 문자를 남겼다.

  엄마는 잘 있어. 걱정하지 마.
  2주 후에 돌아갈 거야.

나를 전공하고 있습니까?

엄마의 문자를 본 하이는 바로 네 남매만의 카톡 방으로 들어갔다.

하이: 저희 프로젝트 하나 진행하지 않을래요?
서현: 무슨 프로젝트?
하이: 자녀 교육에 있어서 이런 말 많이 하잖아요. 고기를 잡아주지 말고 고기 잡는 법을 알려줘라. 부모님은 고기 잡는 법을 알려주시고 때로 고기도 잡아 주시면서 저희에게 교육해 주셨죠. 그 방법이 옳고 그른 걸 떠나서 당신들보다 더 나은 사람이, 더 성장한 사람이 되길 바라는 마음과 지원은 분명 감사해야 할 일입니다.

서현: 맞는 말이야. 너무나도 감사하지.

하이: 우리는 그런 마음과 지원을 받아 성장했죠. 부모님 덕분에 당신들 세대보다 더 다양한 경험을 하고 입체적 교육을 받았어요. 그렇다면 우리는 부모님이 놓치고 있는 다른 시각을 가지고 있을 수도 있다고 생각해요.

서현: 난 요즘 이런 생각이 들더라. 우리는 모두 다 성장 과정에 있는 한 인간이라는 거. 자식만 성장통을 겪는다고 생각했었거든. 아빠가 그러셨어. 사람은 끊임없이 변하고 성장해야 한다고. 나이 들었다고 해서 꿈이 없고 성장 못하는 것이 아니라고. 부모와 자식은 서로의 성장을 도우며 함께 가야 하는 관계라는 말씀처럼 들렸어. 하이 말처럼 우리는 더 입체적 교육을 받았고 그리고 이제 우리도 성인이거든. 우리가 부모님께 지원만 받는 존재가 아니라 부모님의 성장을 도울 수도 있는 존재라는 거지.

서희: 그렇지. 우린 이제 성인이지. 부모님과 학교의 정규 교육뿐 아니라 폭넓은 독서, 여행 등을 통해 간접적인 교육도 받은 입체적 사고를 할 수 있는 성인이지. 입체적 사고를 제대로 할 수 있는 성인이라면 부모님과 별로 문제도 없을 거야.

서현: 맞아. 이해의 폭도 시야도 넓고 관계를 잘 이끌어 나갈 테니까. 아, 하이야 미안. 너 프로젝트 설명하는데 자꾸 가로막아서.

하이: 아니에요. 누나가 잘 말해 줬어요. 부모님의 그런 마음과 지원을 받은 우리는 우리의 성장을 위해서 인생을 다 바친 부모님께 반대로 이제는 나아갈 길을 보여드리는 게 옳은 게 아닐까 해요. 그것이 성장한 자식의 자세가 아닐까 해요.

서준: 음, 부모님 성장 프로젝트 뭐 그런 건가?

하이: 네. 단순히 생활비를 드리자, 그런 말이 아니고요. 저희에게 고기 잡는 법을 알려주셨듯이 저희도 나름의 방법을 알려드리면 어떨까요? 이제라도 엄마가 자아를 찾아가실 수 있도록. 이제라도 자신을 전공하실 수 있도록.

서현: 자신을 전공하라.... 와, 너무 와닿는 말이네. 맞아. 엄마가 자신을 돌보지 않으셔서 그게 늘 마음이 아팠어. 우리를 돌보는 데만 너무 시간을 쏟아부어 막상 엄마의 능력은 방치되어 있지. 알고 보면 끼도 많은 분이신데.

하이: 맞아요. 이번에 문득 옛날 생각이 나더라고요. 엄마와 제가 작가가 되어 이야기 만들기 놀이를 하던 시절이. 그때 저는 엄마의 상상력과 창작력에 감탄했거든요. 이제 생각해 보니 그런 능력이 너무 안타깝더라고요.

서희: 하이는 엄마랑 그런 놀이를 했니? 나에겐 전혀 없는 기억인데.

하이: 엄마의 숨겨진 놀라운 자아들이 많이 있어요. 저희가 그 자아들을 수면 위로 올려서 개발시켜 드렸으면 좋겠어요.

서희: 나는 찬성!

서현: 나도 찬성!

서준: 내 나이가 몇인데, 그러실 텐데.

하이: 그 점도 저희가 설득해야죠. 요즘 제가 정독하고 있는 책이 있어요. 〈니체가 말했다 여기가 거기니?〉라는 책인데요. 여기가 거기니, 라는 질문은 당신이 원하는 곳, 당신이 있어야 할 곳, 여기가 거기니? 라는 뜻이래요. 그 책에서 그러더라고요. 이 세 가지 질문에 네, 라고 대답할 수 있으면 행복한 거라고.

당신의 일은 소명입니까?

당신은 즐겁습니까?

당신의 삶에는 키스가 있습니까?

서준: 키스?

하이: 관계에 관한 질문이에요. 부모, 자식, 형제, 친구, 연인 등 관계에 있어서 만족한 삶을 살고 있는지. 그니까 원하는 일을 하고, 마음이 즐겁고, 관계가 만족스러우면 행복하다는 거죠. 전 엄마의 입장에서 생각해 보았어요. 엄마의 질문에 대한 답은 모두 우리 자식들에게로 귀결되더라고요. 아마도 우리를 잘 키우는 것이 소명이라고 생각하셨을 텐데 이번 일만 봐도 우리는 잘못된 건 엄마의 탓으로 돌리고 그런 대접을 받은 엄마는 즐거우실 리 없고 그러니 관계의 만족도

도 떨어질 테고. 이제라도 엄마 세계의 중심이 자식이 아닌 당신 자신이 될 수 있도록 도와드리고 싶어요.

서현: 기특하다, 우리 하이.

하이: 나 자신을 전공하라, 라는 조언도 그 책에서 얻었어요. 주인공인 브랜든이 그러더라고요. 그것이 행복으로 가는 길의 기본이라고.

서희: 난 그 책을 읽고 영감받아서 지금 진행하고 있는 일이 있어.

하이: 기대되는 돼요.

서준: 어떤 일이 소명인지, 무엇이 즐거운지, 멋진 키스를 어떻게 해야 하는지 알려면 나를 먼저 알아라. 행복해지려면 나를 먼저 전공해라 그거구나.

하이: 네, 맞아요.

서준: 나 자신도 제대로 전공 못했는데 내가 엄마를 잘 도와드릴 수 있을까?

하이: 엄마가 자신을 전공하도록 도와드리면서 형은 형 자신을 들여다볼 수 있게 될 거예요. 형 자신도 전공하게 될 거예요.

서희: 이러면 어떨까. 엄마가 자신을 전공하실 수 있도록 우리 각자가 방법을 제시해 보는 거. 우리는 각자가 엄마의 다른 자아를 만났을 수도 있고 자신만이 느끼고 있는 엄마의 끼와 능력이 다를 수 있을 테니.

서현: 그거 좋다, 언니. 이러면 어떨까. 우리 각자가 이번엔 엄마를

초대하는 거야. 자신만의 방법으로 시공간을 기획해서 엄마가 미처 몰랐거나 또는 만나고 싶은 자아와 조우할 수 있도록 도와드리는 거지.

서준: 다들 아빠 편지 받은 거지?

잠시 침묵이 흐른다.

서현: 나 아빠 편지 읽으면서 울었잖아. 아빠 보고 싶다.
서준: 아빠는 우리의 미래를 알고 계셨던 것일까.
서희: 맞아. 나도 그런 느낌이 들었어. 우리가 어떤 행동을 할 것인지 미리 알고 그런 메일을 쓰셨다는 생각이 들었어. 돌아보니 나 스스로가 한심했어.
서준: 아빠의 편지에 하이의 질문에 대한 답이 들어 있는 것 같아. 난 내가 우선 무슨 일을 해야 하는지 알 것 같아. 하이야, 네가 제일 어른이구나.
하이: 다들 고마워요. 동참해 줘서. 우리 한번 이번 〈엄마 전공 프로젝트〉 잘해봐요. 우리 부모님이 우리를 키우신 보람이 느껴지실 수 있도록. 우리 엄마가 어떤 모습으로 재탄생하실지 너무 설레는데요.

4부

초대합니다

초대합니다

가라앉은 마음으로 남편이 남긴 주소를 따라나선 길, 몸은 고단했지만 마음이 편안해졌다. 나를 오랫동안 기다리고 있던 나만의 공간. 잊고 있던 나로 채워진 공간. 원하던 여행지에 도착한 기분이었다.

"계신가요?"
누군가 부르는 소리가 들렸다.
문을 열어보니 한 여인이 무언가를 들고 서 있었다. 옆에 카트 안에는 식재료가 한가득이었다.
"저 공유 씨 와이프예요. 뵙고 싶었습니다."
"아, 네. 말씀 들었습니다. 안녕하세요?"

"우선 당장 필요하실 것 같은 거부터 챙겨봤어요. 다른 필요하신 건 언제든지 말씀해 주세요. 제가 주기적으로 청소는 계속했으니까 집은 깨끗할 거예요. 안 그래도 언제 오시나 기다렸는데. 조만간 저희 집 식사에 초대하겠습니다. 오늘 저녁은 이거 드시고. 오늘 아침에 만든 호박죽입니다. 당분간 푹 쉬세요."
"이렇게 감사할 데가."

카트는 쌀과 김치, 갖은 야채와 과일, 달걀 등으로 가득 차 있었다.
여보, 당신이 쌓은 덕을 내가 누리는구려.
호박죽이 뜨듯했다. 가슴이 따뜻했다.

경제적으로 힘들고 삶이 고단했던 어느 날, 그런 상상을 한 번 한 적이 있다.
남편은 그의 팬인 금수저 그녀와 결혼하고 나는 유필립 씨랑 결혼했다면, 그랬었다면, 우리의 삶은 어떻게 흘러갔을까, 하는 그런 부질없는 상상. 아주 잠깐 상상해 보며 혼자 피식 웃었었지.
난 나의 선택에 최선을 다했어.
당신이 날 이렇게까지 생각해 주는 줄도 모르고. 우리는 좀 더 표현하며 살았어야 했다.
보고 싶어, 여보.

깊은 잠을 잤다.
최근 몇 년간 이렇게 푹 잔 적이 없었다. 후두득후두득 바닥에 마주치는 빗소리에 부드럽게 잠이 깼다.

눈을 떴다. 침대 위 커튼을 걷었다. 비가 창을 세게 어루만진다. 신록이 리듬을 타며 샤워하고 있다. 나의 머릿속도 씻겨 내려가는 것 같다.

아이들이 대학 졸업을 하고 성인이 되어서도 아이들 걱정으로 나의 머릿속은 항상 분주했다.
서희가 저렇게 영화에만 매달리다 혼자 늙어가면 어떡하지?
서현이가 결국 애를 안 낳고 나중에 후회하면 어떡하지?
서준이가 저렇게 계속 불만 속에서 살아가면 어떡하지?
하이가 혼자 고군분투하는 걸 그대로 두어도 되는 걸까?
나의 머릿속은 항상 그렇게 꽉 차 있었다. 남편이 세상을 뜬 후 아이들에 대한 걱정과 책임감은 나를 더 짓눌렀다.

내가 안 풀리는 건 원치 않는 방향으로 나를 이끄는 엄마 때문이야.
내가 애를 낳고 싶지 않은 건 희생만 하는 엄마 때문이야.
내가 지방대 교수가 된 건 유학 보내주지 않은 엄마 때문이야.
아이들로 분주했던 나의 삶에 돌아온 건 원망뿐이었다.

빗소리가 참 좋구나.
후두득후두득.

바닥을 조우하며 내는 저 빗소리를 들은 지 오래다.
고층 아파트에서는 저 소리를 들을 수 없다.
내가 저 소리를 그리워했구나.

나는 그 무엇과 조우하지 못해서 저 소리를 내지 못하며 산 것일까.
흐르는 눈물을 그대로 두었다.

후두득후두득.
빗소리가 서희를, 서현이를, 서준이를, 하이를 차례로 스치듯이 지웠다.

자연의 소리가 나의 마음을 쓰다듬어 주었다.
애썼다고. 그리고 가득 차 있는 것을 비우라고.

일어나서 거실의 창을 열었다.
신선한 공기가 수분을 머금은 채 들어온다.
물을 끓였다.
음악을 틀었다.
차를 만들었다.
머리가 가벼워진 느낌이 들었다.
허기가 졌다.

나만을 위한 음식을 만들어 보자.
난 무슨 음식을 좋아했지?
남편이, 아이들이 좋아하는 음식만 신경 쓰느라 정작 나의 취향은 잊고 살았다.

옆집에서 가져다준 재료들을 살펴봤다.
마른미역이 보인다.
싱싱한 생계란이 보인다.
그 미역국이 먹고 싶었다.

엄마가 끓여줬던 미역국.

어려웠던 그 시절은 출산하고 몸조리를 제대로 할 형편이 못 되었다. 영양가 있는 음식도 제대로 먹을 수 없었다. 남편의 월급으로 월세 내고 생활을 유지하기도 빠듯했다. 결혼을 해도 여전히 가난했던 나에게 엄마는 미역국을 만들어 거기에 생계란을 깨어 넣어 주셨다. 미역국 안에 퐁당 빠져 있는 생계란이 그렇게 맛있을 수가 없었다.

멸치로 육수를 깊게 내고 미역국을 끓였다.
미역국을 그릇에 담고 생계란을 깨 넣었다.
국물이 따스하게 입혀진 계란 노른자를 한입 가득 떠먹었다.
따듯하고 부드러운 느낌이 입 안을 감싼다.

엄마, 이 나이에 나 다시 시작할 수 있을까.

다음날도 비가 왔다.

김치부침개가 생각났다.
김치부침개 익어가는 소리에도 빗소리가 났다.

어릴 때 비 오는 날이면 엄마는 김치부침개를 부쳐주셨다. 그리고 당신은 막걸리를 한잔 걸치셨지. 마치 막걸리로 삶의 무게를 녹인 듯 한잔 드시고 나면 기분이 좋아지셨더랬다.

옆집에서 가져다준 묵은지는 아주 제대로 익었다. 묵은지로 만든 김치부침개에서도 시간의 익은 맛이 났다.
서희가 정말 좋아하는 음식인데.

묵은지... 왜 묵이는 걸까.
무엇인가가 묵었다는 건 뭘까. 어떻게 묵이냐에 따라 깊은 맛이 날 수도 있고, 상한 맛이 날 수도 있겠지.
난 나의 묵은 생각이 깊은 생각이라 여기고 아이들을 내 방식으로 끌고 가려 했던 건 아닐까. 사실 잘못 익혀서 버려야 했던 생각도 있을 텐데. 그 묵은 생각은 집착은 아니었을까.

전화벨이 울렸다.
과천이었다.
망설이다 받았다.
"아니 왜 이렇게 전화가 안 돼?"
과천이 흥분된 목소리로 말했다.
"아, 내가 지금 지방에 내려와 있어서."

"판교도 전화 엄청 했다던데. 이번 달 판교에서 모임 있던 거 잊었어? 셰프 예약을 미리 해놨대서 모임 그대로 진행했는데 다들 자기 안 온 거 얼마나 아쉬워했는데."
"모임은 재미있었고?"
"뭐, 집 자랑하는 거 제대로 구경하고 왔지 뭐. 근데 자랑할만 하더라. 거실은 어디 갤러리 온 줄 알았잖아. 방 개수가 몇 개더라. 판교 드레스룸은 잘나가는 연예인 거라고 해도 믿을 정도야. 가방, 구두가 때깔별로 쫙. 필라테스 실도 따로 있어. 게스트룸도 무슨 호텔 같고. 손님 접대하는 별채도 따로 있어. 우리도 거기 별채 정원에서 접대받았잖아. 셰프가 코스별로 음식 내오는데 나 그렇게 큰 랍스터는 처음 봤네. 스테이크는 어찌나 살살 녹던지. 스테이크 위에 버섯을 갈아서 뿌려줬는데 그게 엄청 비싼 거래. 이름이 뭐라더라. 아, 트, 트러플. 그리고 셰프가 있잖아. 글쎄, TV에서 봤던 셰프야. 그 별채에서 판교 남편 비즈니스 미팅도 종종 하는데 유명 셰프가 와서 직접 대접하게 한다고 하더라고. 판교네 집에서 돈으로 누릴 수 있는 거 제대로 구경하고 왔네."
과천이 그날의 놀라움을 속사포로 쏟아내었다.
"좋은 구경 했네. 맛있는 것도 잘 먹고."
"자기 안 온 거 판교가 아쉬워하는 게 역력히 보이더라. 아, 그리고 그 집 큰아들 재범이 있잖아. 인사하러 잠깐 나왔는데 나한테 물어보던데. 서희 어머님은 안 오셨나요, 라고. 재범이 아직도 서희한테 미련 있는 거 아니야? 둘 다 아직 미혼인데. 잘 돼도 좋을 것 같은데."

"관여 안 하려고. 서희가 알아서 하겠지."

"서희는 그렇게 콧대가 높아서. 그런 집에 시집가면 편하게 살 텐데. 그나저나 판교네 집 보고 오니까 그런 생각 들더라. 한번 사는 인생 저렇게 폼 나게 살아봐야 하는 게 아닌가. 돈지랄 좀 제대로 한번 해보고 싶다, 뭐 그런 거. 돈돈하지 않고 사는 삶, 돈 걱정 없이 사는 삶은 어떤 삶일까?"

"돈으로 주는 행복은 한계가 있다고 하더라고."

"그 한계까지도 못 가봐서 내가 이렇게 아등바등하며 사는 건지."

"나 이제 별로 판교가 부럽지 않아."

"자기는 벌써 그 한계를 넘어 돈 걱정 없이 사는 거야?"

"무슨 소리야. 내가 월급 받아 본 지가 언젠데. 잘 알면서."

"그런데 자기, 돈에 초월한 사람 같아. 연락이 안 되는 동안 무슨 일 있었던 거야?"

"음, 나만의 공간이 생겼어. 판교 같은 드레스룸이 없어도 셰프가 없어도 난 내 이 공간이 너무 좋아. 편안하고 사랑스러워. 이곳에서 돈에 연연치 않고 어떻게 살아나갈지도 생각해 봐야겠어."

"아 거기 어딘지 너무 궁금하다. 편안하고 사랑스런 그곳에 나도 좀 초대해 주라."
"그래 언젠가는."

카톡.
과천과 전화를 끊자 바로 카톡 음이 울렸다.

서희였다.
첫 문장이 핸드폰 위로 나타났다.
  [초대합니다]

연달아 서현, 서준, 하이한테서도 카톡이 왔다.
  [초대합니다]

캘리포니아 로드

서울 집으로 돌아와 일상은 계속됐다. 무채색이었던 일상에 핑크빛이 감돌기 시작했다. 언제든지 갈 수 있는 나만의 공간을 가지고 있다는 것은 참 근사한 일이었다. 시간 여행자가 될 수 있다는 것은 떨리는 일이었다. 나의 청춘과 추억이 그곳에서 나를 기다리고 있다는 사실이 든든했다.

난 네 남매의 초대를 받아들이기로 했다.

서희가 데리고 간 곳은 식당처럼 보이지 않는 외관을 가진 식당이었다. 작은 갤러리 같다고 해야 하나, 뭐 그런 느낌이었다. 세련된 디자인의 간판에는 에테시아라고 적혀있었다.

에테시아가 무슨 뜻일까?

문을 열자 깜짝 놀랐다.
"환영합니다."
"Welcome."
"캅쿤카."
"이랏샤이 마세."
스텝들이 돌아가며 몇 나라의 언어로 하는 인사가 우렁차다.

서희 또래의 한 여성이 나와 서희와 포옹을 하고 볼을 갖다 대었고 나에게 공손히 인사했다.
"엄마, 제 친구 제니예요. 재미교포이고 LA에서 이미 유명한 셰프랍니다. 이번에 우리나라에서 레스토랑을 론칭하는데 오픈하기 전에 저희가 제니의 음식을 맛보는 영광을 가지게 되었어요. 저 LA에서 제니의 음식을 처음 맛보았을 때 신세계를 경험했어요. 그때 제니에게 부탁했죠. 제니의 식당에서 제 졸업작품 한 씬 찍게 해 달라고. 제 졸업작품에 나오는 주인공 둘이 재회하는 식당이 바로 제니의 식당이에요. 제니는 저의 유학 시절 가장 좋은 친구랍니다."

"말씀 많이 들었습니다. 서희가 어머니가 만드신 음식 자랑을 엄청 했거든요."

약간 어눌한 한국 발음으로 제니가 말했다.

"언제든지 놀러 와요. 내가 최선을 다해서 원하는 한식을 만들어 줄 테니."

제니는 좋아서 팔짝팔짝 뛰는 포즈를 취했다.

"오늘 여기 전체가 어머니를 위한 공간입니다. 노래를 부르셔도 되고 춤을 추셔도 되고. 음식 준비하겠습니다. 즐겨주세요."

음악이 흘러나왔다.

무언가 원초적인 흥을 깨우는 음악 같다.

서희가 리듬에 맞춰 어깨를 흔들며 노래를 따라 부른다.

이런 서희가 낯설다. 나의 기분도 덩달아 좋아진다.

여행 온 기분이 나는 레스토랑이다.

"요즘 코로나 때문에 어디 가지도 못하는데 여행 온 기분 물씬 느낄 수 있죠. 요일마다 메뉴 주제도 달라요. 월요일이 LA라면 화요일은 발리, 수요일은 에테시아, 이런 식이죠. 아, 에테시아는 지중해 지역에 부는 바람이라는 뜻이에요. 주제에 따라 벽면의 디지털 영상과 음악도 바뀌어요."

"신기한 곳이구나."

"오늘의 주제는 캘리포니아예요. 저와 제니가 엄마만을 위해 기획했어요."

"엄마만을 위해?"

조명이 약간 어두워지더니 벽면에 빛이 들어오기 시작하며 쭉 뻗은 길이 보이기 시작했다.
"우와."
"지금 나오는 영상, 제가 찍은 거예요. 유학 시절에 찍은 영상들이죠. 이렇게 쓰일 줄은 몰랐네요."
"와, 정말 멋지구나."
레스토랑 양쪽 벽면이 캘리포니아로 펼쳐졌다.
"제 졸업식에 못 오셨잖아요. 아빠와 함께 오시기로 하셨었는데. 저 도로는 제가 엄마 아빠를 태우고 드라이브 가고 싶었던 곳이랍니다. 17 마일즈 드라이브라는 곳이에요. 저곳은 소노마. 태평양을 바라보는 멋진 와이너리가 있는 곳이죠. 저기 포도밭에서 아빠, 엄마와 피크닉 하고 싶었는데. 아, 이곳은 뉴포트 비치. 햇살을 받아 빛나는 광활한 대양의 은빛 물결을 감상하고 밀려오는 파도 소리를 들으면 전 마음이 편안해지더라고요. 저 의자가 제가 자주 가서 앉던 곳이에요."
"정말 광활하고 아름다운 자연이구나. 우와, 높이 쭉 뻗은 저 나무들 좀 봐. 저 숲을 산책하면 어떤 기분일까?"
"저곳은 베이 지역에 있는 레드우즈라는 숲이에요. 레드우즈는 나무를 사랑하는 사람들에게 가장 훌륭한 곳이라 할 수 있대요. 저도 엄마랑 저 숲을 거닐고 싶어요. 저 숲을 처음 마주했을 때 두근거림을 잊을 수 없어요. 가슴을 뛰게 하는 신비로움과 편안한 정적이 숲을 감싸고 있다고 해야 할까."
"캘리포니아는 정말 멋진 곳이구나."
"드라이빙, 태양 감상, 트레킹. 제가 유학 생활을 하면서 힘들 때 저를 치유하는 방법이었어요. 작품의 영감을 받는 방법이기도 했고요."
"산, 바다, 길이 서희 너의 사유의 시간이고 성장의 공간이었구나."
"네. 제가 사랑하는 공간이죠. 그리고 저의 과거의 공간이지만 앞으로 엄마와 함께하고 싶은 미래의 공간이기도 해요."

음악이 바뀌었다.
음식에 마법을 부릴 것만 같은 음악이었다.
"어떤 음식이 나올지 궁금해지는데."
"중식, 일식, 베트남식 등 다양한 나라의 음식을 다 맛있게 먹은 곳이 캘리포니아예요. 우리나라 음식 숯불갈비마저도. 그거 아세요? 미국산 쇠고기가 우리나라보다 미국에서 훨씬 더 맛있다는 것을."

음식이 서빙되었다.

"이건 클램차우더예요. 다른 곳에서도 몇 번 먹어봤는데 캘리포니아의 그 맛이 안 나더라구요. 캘리포니아에서 온 제니는 그 맛을 잘 알고 있을 거예요."
서희가 한 입을 떠서 먹는 모습이 사랑스럽다.
"음, 맞아. 바로 이 맛이야."
서희가 음악에 맞춰 또 어깨춤을 추며 말했다.
우리 서희한테 이런 면이 있구나. 이렇게 밝은 아이였어.

"제니의 스테이크도 정말 그리웠는데."
갖은 채소들이 고기와 함께 구워져 나왔다.
그때 제니가 작은 박스를 들고 나타났다.
"가장 품질이 좋은 것으로 어머니 드시게 하고 싶어서요."
박스를 열고 버섯처럼 생긴 것을 꺼내 스테이크 위로 아낌없이 갈았다.
"엄마, 이게 트러플이라는 버섯."
"아, 얼마 전에 과천이 판교네서 먹었다고 하던 그거구나."
"이 귀한 걸 제니가 엄마를 위해 아낌없이 뿌리네요. 고맙다, 제니."

타이 허브와 펜던을 넣어서 쪘다는 바닷가재의 맛도 일품이었다. 옆에 함께 나온 멋진 칵테일 잔에 나온 음료수는 게를

우려낸 국물이란다. 이름이 크랩 슬릿. 이런 세계가 있구나.
"엄마, 이건 이름이 캘리포니아 우니를 품은 아이스 벌룬이래."
투명한 얼음 그릇 안에 우니가 수줍게 들어앉아 있다.
"너무 영롱하게 이쁘다. 아까워서 어찌 먹누. 감상만 해도 배가 부르네."
"이 아이스 벌룬을 만드는 데도 엄청난 시간과 정성이 들어간데."
"진짜 신세계구나. 난 정통 한식만 만들어봤는데 요리의 세계도 이렇게 다양하고 창의적일 수 있구나. 이 요리들이 나를 미지의 세계로 이끌어 주고 있는 것 같아. 셰프는 아티스트네."

"엄마, 이 식당 컨셉이 여행이라는 데는 깊은 속뜻이 있어요."
"무슨 뜻? 뭐가 또 있어?"
"저희가 보통 여행을 떠나는 이유 중의 하나가 자신을 잘 들여다보기 위함이잖아요. 나 자신과의 시간을 갖기."
"그렇지. 나 자신을 찾아 여행을 떠나는 사람들이 있지."
"이곳은 질문하는 레스토랑이에요."
"무슨 질문?"
"나를 전공하는 질문."

이때 하나의 그릇이 도착했다. 그 접시 위에는 카드가 놓여 있었다.
"열어보세요."

　당신이 원하던 곳,
　당신이 있어야 할 곳,
　여기가 거기인가요?

"아, 이 질문은 그 책...."
"네. 하이가 추천해 준 〈니체가 말했다. 여기가 거기니?〉 말씀하시는 거죠? 맞아요. 그 책에서 영감받았어요. 디지털 영상뿐만 아니라 질문하는 레스토랑 컨셉 모두 다요. 그 책에서 주인공 브랜든의 꿈속에 나온 레스토랑 있잖아요. 그 레스토랑이 머릿속을 떠나지 않더라구요. 제니에게 읽어줬는데 너무 인상적이라는 거예요. 그래서 책 속에서 영감받아 이 공간을 새롭게 기획했죠. 이 공간을 찾는 사람들에게 그날의 대화 주제를 살며시 건네는 거죠. 그들은 식사를 하며 자신을 전공하는, 자신을 찾아가는 대화를 주고받는 거예요."
"책의 영향이 참 대단하구나."
"엄마는 꿈이 뭐였어요?"
"엄마의 꿈이라... 어느샌가 잊고 산 지가 오래되었네. 난 왜 영문학을 전공하려 했을까. 그 이유를 애써 외면하고 산 거 같아."

"엄마는 어릴 때 취미가 뭐였어요?"

"취미라... 갑자기 생각난 게 있는데 힘들게 알바하던 시절, 영화관에 가서 영화가 보고 싶었단다. 드디어 대학생이 되어 꿈에 부풀어서 극장에 갔었지. 그 당시 남영동에 성남극장이라는 극장이 있었어. 엄마 기억으로는 가격이 다른 데보다 좀 저렴했던 거 같아. 엄마가 당시 좋아하던 배우가 신영균 씨였지."

"아, 그분, 빨간 마후라."

"빨간 마후라를 알아?"

"그럼요."

"엄마는 영화 속 캐릭터와 스토리에 빠져들었고 나도 그런 스토리를 만드는 사람이 되어보면 어떨까, 하는 생각을 했던 거 같아. 문학 전공을 하면 그런 일을 할 수 있는 줄 알았어. 맞아. 내가 영문학을 전공한 이유."

서희가 갑자기 굳은 표정으로 쳐다본다.

"엄마, 내가 그런 일이 하고 싶어 영화를 전공한 거잖아요. 엄마, 나는 엄마를 닮은 걸까요?"

나를 닮았다니, 의외의 말이다.

"나를 닮았다고? 넌 나와 닮았다는 말 싫어하잖아."

서희가 낮게 천천히 말한다.

"난 엄마와 너무 다르다고 생각했어요. 외모만 닮았지 생각하는 방식, 취향은 전혀 다르다고 생각했어요. 근데 내가 어느 날 갑자기 영화에 필이 꽂혀 새로운 길을 가게 된 것이 내가 엄마를 닮아서 그런 게 아닐까?"
테이블 위에 놓인 서희의 한 손을 잡으며 말했다.
"근데 그걸 못하게 하려 했으니."
서희가 다른 한 손으로 내 손을 잡으며 말했다.
"처음 알게 된 사실이에요. 몰랐어요."
눈물이 핑 돌았지만 참았다. 서희의 눈가도 촉촉했다.

"생각해 보니 내가 노래 부르고 무용하는 것도 좋아했어. 초등학교 때 아, 그 노래 제목이 뭐지? 날 저물은 하늘에 별이 삼형제, 이렇게 시작하는데."
"아, 저도 그 동요 들어봤어요."
"앞에 나가 그 동요 부르면서 율동도 했는데 칭찬 엄청 받았지. 그래서 학예회가 있을 때마다 단독으로 뽑혔는데 나는 좋았지만 의상비가 많이 들어서 집에 눈치가 보였어. 언제는 나도 동요를 쓰고 싶어서 좀 끄적거렸지. 그걸 선생님이 우연히 보셔서 백일장에 나가게 되고 상도 받았지. 아, 내게 그런 시절이 있었구나."
"엄마, 지금도 늦지 않았어요."
"그게 무슨 말이야?"
"저 하이한테 엄마의 능력에 대해서 들었어요. 저랑은 그렇게 놀아준 적이 없는데. 하이 말 들으면서 어찌나 부럽던지. 스토리 만들기 놀이요. 하이가 엄마의 이야기 만드는 능력에 감탄했다고."

"하이가 그런 말을 했어?"

"엄마, 특히나 글을 쓰는 일에는 나이 제한을 받지 않아요. 오히려 연륜과 깨달음, 풍부한 경험 때문에 이야기가 더 풍요로워지죠. 엄마 꿈을 지금이라도 펼쳐 보는 건 어떨까요? 제가 도와드릴게요. 우리 천천히 가더라도 한번 해봐요."

"내가 할 수 있을까? 어떤 이야기를 쓸 수 있을까?"

"제가 블로그 계정을 만들어 드릴게요. 우선 그곳에 하루에 글 하나씩 올려봐요. 제가 내는 엄마 숙제, 하루에 한 페이지 글쓰기. 와, 어릴 때 맨날 엄마가 숙제 내 줬는데 나도 엄마한테 숙제를 내다니. 감개가 무량입니다. 하하."

"어떤 글을 써야 돼?"

"지금 특별히 떠오르는 주제가 없다면 엄마에 대해 써보면 어떨까요?"

"나에 대해?"

"네. 엄마에 대해. 지금은 엄마를 전공할 때입니다."

그때 제니가 다가왔다.

"음식은 어떠셨나요?"

"경이로워요. 한 편의 영화를 본 것 같은 음식이에요."
"영화 같은 음식이라니. 너무 멋진 칭찬인데요. 서희와 어떤 스토리로 진행할까 의논했는데 아무래도 스토리가 있으니 그런 느낌을 받으신 게 아닐까 해요. 와, 영화 같은 음식이라."
서희가 제니에게 속삭이듯 뭐라 말했다.
제니가 오케이, 하고 사라졌다.

음악이 또 바뀌었다.
잔잔한 리듬의 물결이 설렘으로 춤을 추는 느낌이 드는 음악이었다.
제니가 접시를 들고나왔다.
아, 이런 감동이.
책과 펜을 형상화한 디저트였다.
접시 위에는 초콜릿으로 글자가 쓰여있었다.

   정연아 작가님,
     당신의 꿈을 응원합니다.

가슴이 뭉클했다.

서희가 말했다.

자신이 가장 좋아하는 일을 선택한 건
엄마 덕분일지도 모르겠다고.

행복한 초대였다.

그리고 그날,
나를 만났다.
글을 쓰고 싶었던 나를.

엄마 덕분에

서현이가 초대한 곳은 서현의 회사였다.
작은 사무실이었다. 옷이 여기저기 쌓여 있었고 한 공간에는 마네킹이 하늘거리는 원피스를 걸치고 있었다. 포토그래퍼로 보이는 한 직원이 사진을 계속해서 찍어대고 있었다. 그리고 다른 한 공간에는 직원 한 명은 컴퓨터 작업을, 한 명은 패키징을 하고 있었다. 한눈에 모든 프로세스가 돌아가는 것이 보이는 사무실이었다.

"엄마, 우리 사무실 처음이지? 여기 이 작은 곳을 기억해 줘. 이 작은 곳에서 시작해 어떤 곳으로 발전하는지 보여주고 싶거든. 하하."

"여기가 너의 꿈이 피어나는 곳이구나. 멋지다."
"엄마한테 이곳 한번 보여주고 싶었어. 그리고 우리 포토한테 엄마 이 옷 입은 사진 좀 찍어 달라고 하려고. 엄마, 여기 선물."
서현이가 옷을 건넸다.
"이 옷 내가 오직 엄마만을 위해 만든 원피스야. 몇 날 며칠을 디자인 고민해서 만든 옷이라고. 원단도 최고야. 저기가 탈의실이거든. 입어봐 주세요. 여사님."

내가 옷을 입고 쑥스럽게 나오자 직원들 모두가 손뼉을 쳤다.
"와, 너무 우아하시다."

서현도 감탄했다. 우리 엄마가 이런 분위기를 가진 사람이었지. 잊고 있었다. 디자이너면서 쇼핑몰을 하면서 정작 엄마 옷 한 번 만들어 드린 적 없다니. 이렇게 멋진 엄마한테. 서현은 자신의 무심함을 탓했다.
학창 시절이 생각났다. 항상 반장하는 서희 언니로 인해 엄마는 학교 방문이 잦았다. 그럴 때마다 아이들이 엄마가 우아함이 넘치는 미인이라 좋겠다며 부러워했다. 그러면서 너는 왜 안 닮았냐고 놀려댔지.
엄마의 그 우아미를 한동안 잊고 살았다. 우리가 그 아름다움을 잊고 사시게 한 것 같아 죄송하다.

"포토, 우리 우아한 엄마 사진 잘 부탁해. 그리고 엄마, 사진 찍고 나면 다음 코스가 있어요. 기대해 주세요."
포토의 손끝에서 탄생한 사진 속에서 엄마의 우아미는 증폭되었다. 엄마는 어쩜 포즈도 저렇게 자연스럽게 취하시지. 포토도 모델 자질이 뛰어나시다고 감탄하며 한마디 했다.
"우리 모델보다 나으신데요. 하하."

"이제 어디 가?"
"이 옷을 입고 어디 가기 전에 하나 더 할 게 있어요. 미용실 가요. 제가 가는 미용실에 예약해놨어요. 저 머리해 주는 선생님인데, 엄마도 인정하셨잖아요. 제 헤어스타일 이쁘다고."
"거기 비싸지 않니? 얼마야?"
"가격 물어보지 마시구요."
"얼만데? 엄만 동네에서 4만 원이면 파마하는데."
"엄마, 미용실의 다른 세계도 한번 경험해 보세요. 여기는 헤어 마사지도 해 주고 파마약도 더 좋은 거 쓰고. 어떤 차이점이 있는지 다른 세계를 경험해 보시는 것도 재미있을 거예요."
"잘하겠지. 비싸서 그런 거지."
"오늘은 제가 하는 대로 따라와 주시면 감사하겠습니다. 여사님."

어찌나 머리를 부드럽게 마사지해 주면서 섬세하게 감겨주는지 스트레스가 풀리는 것 같았다. 어깨 마사지도 해줬다.

서현이의 옷과 헤어 전문가의 손길로 내가 봐도 내가 우아해졌다. 역시 머리와 옷이 날개인가. 헤어 디자이너가 이렇게 아름다운 분을 자주 뵙고 싶다고 해서 나의 기분을 더 들뜨게 했다.

"이제 마지막 코스가 남았어요. 패션의 꽃, 백을 사러 갑시다."
"백? 가방?"
"패션의 완성은 백이지. 엄마한테 명품 가방 한 번 사드린 적 없는 게 마음에 걸렸어. 엄마는 허세라고 할 수도 있겠지만 가끔 이런 허세 부리는 거, 기분 전환도 되고 힐링도 돼. 이러려고 돈 버는 거지. 엄마도 한번 느껴봐."
"명품 가방 몇백 하지 않니? 무슨 기분 전환에 몇백을 써? 그리고 엄마 이제 나이 들어서 무게 나가는 가방은 힘들어서 못 들어. 가벼운 천 가방이 최고야."
"가벼운 명품 가방도 있어. 엄마 오늘은 제가 하자는 대로 한 번 해 보세요."

돈을 낭비하지 말라며 계속해서 뭐라 하는 나의 손을 이끌고 서현은 백화점 명품 매장으로 갔다. 약간의 대기 시간을 거쳐 매장 안으로 들어서니 직원이 친절히 맞아 주었다.
서현이 뭐라고 하니 몇 개의 가방을 보여줬다.
아, 저건 판교가 들고 다니는 가방이다.
그 가방부터 들어보았다. 생각보다 무겁지 않다.
"어머니, 너무 잘 어울리십니다. 이 컬러도 있어요. 이것도 한번."
다른 컬러도 들어보았다. 내가 봐도 판교보다 내가 더 잘 어울리는 거 같네.
직원이 다른 스타일의 가방을 또 들고 왔다.
"이것도 잘 어울리실 것 같아요. 어머니, 그레이스 켈리 닮으셨다. 너무 우아하시네요."
진심 어린 칭찬일까, 몸에 밴 친절일까.

몇 년 전 이 매장에 혼자 온 적이 있다. 그날 식품매장에 살 것이 있어서 왔다가 1층에 있는 이 매장을 보고 들어갔더랬다. 사실 판교가 든 가방이 하도 멋져 보이길래 가격이 궁금해서 물어보려고 들어가 봤다. 장 본 물건이 들어가 있는 에코백을 메고 있었다. 매장 안은 조금 분주했고 어느 직원도 안내해 주지는 않았다. 한 바퀴를 둘러봤다. 조금 시간이 지나고 한 직원이 물었다.
"찾으시는 물건이 있으신지요?"

"그게... 이름은 잘 모르겠고... 둘러보도 보이질 않네요."
직원은 사라졌고 다시 돌아오지 않았다. 다른 직원들 모두 응대하느라 바빠 보였다. 더 있기도 뻘쭘해서 가격도 알아보지 못하고 다시 나왔다. 가격 알아보러 들어간 자신이 우습기도 했다.

오늘, 같은 매장에서 이런 환대를 받으니 기분이 묘하다.
직원이 물었다.
"어머니 옷은 어디 브랜드인가요? 원피스 너무 이쁘네요. 어머니가 워낙 미인이셔서 잘 어울리시는 거겠지만."
"우리 작은 딸이 디자인하고 직접 만든 거예요. 여기 이 딸이요."
서현이 미소를 지었다.
"우와, 대단한 실력이십니다. 저희 가방과도 너무 잘 어울려서 아까부터 계속 궁금했거든요. 판매도 하시나요? 저도 저희 엄마한테 선물하고 싶네요."
"아니요. 저희 엄마만을 위해 만든 옷이라. 제가 하는 쇼핑몰은 젊은 사람들을 대상으로 해요."
"그러시구나. 엄마 옷 사드리려고 해도 마땅치 않더라구요. 모시고 나오려고 해도 안 나오시려 하고 인터넷 쇼핑몰은 죄다 젊은 사람 위주의 디자인이라."
"저도 처음으로 디자인해 본 건데 이렇게 잘 어울리실 줄은 몰랐네요. 엄마, 어떤 가방이 마음에 들어? 난 이거."
판교가 들었던 가방인데 컬러는 다른 것이었다.
"나도 그거."
"완벽한 선택이십니다. 너무 멋진 모녀시네요."
직원의 표정에 가식은 느껴지지 않았다.
"엄마, 기념으로 여기 매장에서 사진 한 방 찍자. 여기 서서 한 번 찍고 이쪽에 앉아서 한 번."
"제가 두 분도 같이 찍어드릴게요."
직원이 블링블링 럭셔리 매장을 배경으로 우리 모녀의 사진을 담았다.

서현은 인스타그램을 열었다. 그리고 아까 사무실에서 찍은 사진들과 미용실, 그리고 백화점 명품 매장에서 가방까지 완벽하게 갖춘 엄마의 사진들을 올렸다.

　오늘 하루 엄마와의 데이트!
　엄마 내가 디자인한 옷 입으시고
　가는 곳마다 아름답다고 찬사받음.
　우리 엄마 딸인 게 자랑스러움.
　그런데 넌 누구를 닮은 게냐.
　오늘 하루

즐겁고 뿌듯했다.
#모녀데이트 #엄마의재발견
#엄마전공프로젝트 #엄마가최고의명품

"엄마, 이제 밥 먹으러 가자. 너무 배고프다. 제임스랑 홍콩에서 잘 가는 중식당이 있는데 그곳이랑 비슷한 맛을 내는 곳을 찾았어. 중국집이 짜장면, 짬뽕, 탕수육 이런 거 파는 곳만 있는 게 아니거든. 중식당의 새로운 세계를 경험하게 해 드릴게. 여기랑 가까워."

"만두랑 비슷하게 생겼구나."
"딤섬이라는 건데 맛은 달라요. 이건 샤오마이, 이건 부채교, 요건 하가우."
부채교를 하나 들었다. 얇고 투명해 보이는 피가 야채와 무엇인가를 감싸고 있었다. 피는 쫀득쫀득했고 탱글탱글한 새우의 식감이 느껴지더니 즙이 따스하게 입안을 감돈다.
맛있다. 이번엔 하가우를 집었다.
"엄마, 내가 제일 좋아하는 건 이거 떡처럼 생긴 거. 새우 라이스롤. 매끈한 떡의 식감도 좋은데 씹을 때마다 안기는 새우도 너무 맛있어. 내가 홍콩에서 가는 식당은 굉장히 오래된 곳인데 직원이 딤섬을 카트에 여러 종류 싣고 끌고 다닌다. 난 그런 분위기 좋더라. 그 집의 라이스롤이 그렇게 맛있을 수가 없어요."
"엄마도 그런 분위기 좋아하는데. 오래된 홍콩 영화 속에 나올 법한 식당 같아."
"우리 두 번째 홍콩 여행 가요. 엄마와 처음 간 해외여행이 홍콩이잖아요. 그래서 홍콩이 저에겐 의미 있는 곳이에요. 엄마 비행기 처음 태워 준 자식이라고 생색 엄청 냈었죠. 하하. 그리고 그동안 저만 돌아다녔네요. 그때는 미숙해서 맛있는 곳이 어딘지도 잘 몰랐는데. 이제 제대로 모실 수 있어요."

"서현아, 근데 아까부터 테이블이 흔들리길래 왜 그런가 했더니 너 핸드폰에서 나는 진동 때문에 그런 거였네. 일로 연락 오는 거 아냐? 오늘 하루 종일 엄마 때문에 일도 못 하고."
"엄마, 오늘 나에게 너무 의미 있는 날이야. 이렇게 기분이 좋을 수가 없어. 일은 오늘 늦게까지 하면 되지 뭐. 그러려고 사장했지. 나 일하고 싶을 때 일하려고."
"엄마도 우리 딸이랑 이렇게 데이트하니 너무 좋구나. 오늘 가는 곳마다 엄마, 음메 기 살어."
"하하. 나도 엄마랑 다니니까 사람들이 대접도 더 잘해주고 좋은데요."
"내가 너랑 다니니까 대접받는다. 요즘 노인들은 어디 가서 혼자 물건 사는 거 쉽지 않아. 은근 무시하는 것 같기도 하고. 뭐 하나 더 물어보면 성가셔해."

"아니 그런 사람들 어떻게 된 거 아냐? 젊은 사람들 다 인터넷으로 싸게 구매하고 매장에서 비싸게 구매하는 사람이 어르신일 텐데. 대접을 깍듯이 해도 모자랄 판에."

"그래서 나이가 들면 혼자 다니며 물건 사기도 좀 주눅 들고 그래. 너랑 다니니까 여왕 대접을 받는구나."

"그동안 명품 가방 한 번 안 사드리고. 오늘 효녀 소리 듣는데 뜨끔하더라구요."

"우리 서현이 효녀지. 그러고 보니 비행기 맨 처음 태워준 것도 너고 명품 가방 맨 처음 사주는 것도 너구나. 그런데 말이지. 엄마는 오늘 선물 받은 이 옷이 가장 마음에 들어. 너가 엄마만을 위해서 만든 세상에 하나밖에 없는 옷이잖아."

"디자이너면서 지금에서야 엄마 옷을 만들다니. 오늘 반성도 많이 했어요."

"오늘 엄마는 너무 행복하구나. 딤섬도 맛있고 홍콩 여행 생각에 설레기도 하고. 정말 세상은 볼 것도 먹을 것도 많구나. 얘, 전화 한번 확인해 봐. 진짜 계속 진동이 울리네."

"네. 아마 단체 카톡 방에서 오는 걸 거예요. 평소 뭐 이렇게 오는 거 없는데."

서현이 핸드폰을 열자 눈이 동그래진다.

"오 마이 갓, 이게 뭔 일이래. 왜 이렇게 팔로워가 늘었지?"

"무슨 일 있는 거야?"

"아니, 인스타그램이라고, 뭐 한 마디로 자기 자랑하면서 팬 늘리는 그런 어플이 있는데 사업하는 사람한테 홍보의 창구로 유용하거든요. 근데 제 팔로워가 그다지 많지 않은데 지금 기하급수적으로 늘고 있어요. 무슨 일이지?"

"좋은 거지?"

"그럼요. 제가 하는 말을 들어주는 사람이 많아야 홍보 효과가 있으니까요. 아, 알았다. 올케네요. 올케가 아까 제가 올린 사진들을 리포스트했어요. 올케 인플루언서거든요. 팔로워 수가 어마어마해요."

    우리 시어머니 멋짐 뿜뿜

    모델 하셔도 되겠네

    오 가방 너무 이쁨 하트 뿅뿅

    걸크러쉬 디자이너 둘째 형님

    저도 원피스 원츄

    #바로이멋진분이우리시어머니

    #바로이멋진디자이너가우리형님

    #쇼핑몰이어디냐

"이렇게 써났네요. 댓글도 장난 아니에요."

   시어머니 너무 미인이시다. 그 시어머니에 그 며느리.
   저 원피스 어디 거예요? 어디서 구매 가능한가요?
   저도 엄마한테 저 옷 선물하고 싶은데 어디서 구매가 가능할까요?
   가방보다 옷이 눈에 더 들어와요. 쇼핑몰 주소가 어떻게 되나요?
   우와, 시어머니 미모 지존이시다. 시니어 모델 하셔도 되겠네.

"인터넷 안에 새로운 세계가 있구나."
"그쵸. 와, 올케가 플렉스를 제대로 해줬네요. 지금 저 팔로워 느는 속도 장난 아니네요. 올케 덕을 이렇게 볼 줄이야. 올케 귀엽네. 제 포스트에도 댓글이 많이 달렸어요. 원피스 어디서 구매 가능하냐고. 이런 반응 생각도 못 했는데. 이 옷, 한 벌밖에 안 만든 건데."
"사람들한테 그렇게 호응이 좋으면 더 만들어. 좋은 건 같이 나눠야지."
"엄마, 사실 저 제 쇼핑몰을 어떻게 다른 쇼핑몰과 차별화시킬지 고민이 많았거든요. 지금 상태로는 직원들 월급 주기도 빠듯해서 어떤 돌파구가 필요했어요. 근데 저 오늘 신선한 충격을 받았어요. 70대인 엄마가 이렇게 주목을 받고 이 옷을 구매하고 싶은 사람이 많구나. 이 시장이 있구나. 전 2030, 3040

시장만 고민했거든요. 그 이상의 시장이 있구나."
"맞아. 엄마도 그런 게 서운하더라. 매스컴에서 보면 맨날 2030이 어쩌구 4050이 어쩌구. 60대도, 70대도, 80대도 취향이 있는데 그냥 그 이상은 나이 구별 없이 노인, 어르신으로 마케팅 트렌드도 없이 퉁 치더라고."
"그렇네요. 아, 그 시장이 니치마켓이었어. 엄마와 시간을 보내니 이런 깨달음도 얻는군요. 엄마 부탁드릴 게 있어요. 제 회사의 모델이 되어주시겠어요?"
"모델? 내가 어떻게?"
"자격 충분해. 내 옷이, 모델이, 인스타가 이렇게 주목받은 적이 없어. 쇼핑몰을 두 개 라인으로 가동하려고요. 원래 하던 젊은 세대 그리고 6070라인으로. 엄마는 6070라인의 모델이 되는 거지. 우리 엄마 스카웃해야겠다."
"내가 할 수 있을까?"
"그럼요. 모델료는 충분히 드리겠습니다. 누군가한테 생활비를 받는 게 아니라 엄마가 직접 일하고 버시게 되는 거예요. 와, 그 나이에 일하시는 거 사회에 귀감이 될 수도 있겠다."
"아, 대표님 그럼 잘 부탁드립니다."
"와, 네. 제가 잘 부탁드립니다. 엄마가 보물이었어. 엄마 덕분에 내 사업이 터닝포인트를 맞게 될 것 같아. 엄마가 자신을 전공하게 도와드리려 했는데 오히려 제가 저를 전공하게 되었어요."
"덕분이라는 말, 참 좋구나. 엄마 때문에, 엄마 탓이라는 말, 정말 듣기 싫었는데."
"죄송합니다. 모든 게 다 엄마 덕분이에요. 엄마 덕분에 다 잘 될 것 같아요."

걷기 회사 알바생

서준이와 약속 장소는 건강검진센터였다.
"엄마, 아빠한테 엄마의 트레이너가 되기로 약속했어요. 우선 건강 상태를 측정해 볼 거예요."
서준은 만나기 전 전화 통화에서 이렇게 말했다.

검사는 두어 시간이 걸렸다.
근력이 약하고 골밀도가 평균보다 낮게 나왔다. 위에 염증 소견이 있었고 치아 치료도 필요하다고 했다. 신체 나이는 실제 나이와 비슷하게 나왔다. 식단관리와 꾸준한 운동이 필요하다고 했다.

검사 후 서준은 자신도 아침을 굶었다며 배가 고프다고 했다.
"엄마, 기억나세요? 우리가 어릴 때 아빠랑 종종 갔던 추어탕집."
"그래. 기억나. 가 본 지 정말 오래됐구나. 국물도 진하고 시래기도 많이 들어간 그 추어탕 집 말하는 거지?"
"네. 엄마 검사 끝나고 뭘 먹을까 생각하다 여기서 멀지 않은 그 집이 생각났어요. 추억의 음식점이기도 하고."

우리가 첫 손님이었다.
뜨끈뜨끈한 추어탕과 돌솥밥이 금방 나왔다. 서준은 다진 마늘과 청양고추를 추어탕에 집어넣어 휘저었다. 나는 들깻가루만 듬뿍 넣었다. 여전히 시래기가 풍부했고 신선한 부추도 그득했다.
"엄마 기억에 너 추어탕 안 좋아했던 것 같은데."
"맞아요. 저 어릴 때 엄마 아빠가 추어탕 먹으러 가자고 하면 다른 거 먹으러 가자고 졸랐죠. 근데 일단 추어탕 먹고 나면 속이 그렇게 든든하고 좋을 수 없더라구요. 영양가 있는 거 먹어서 마음도 뿌듯하고. 근데 시간이 지나 추어탕 먹으러 가자고 하면 또 당장 입을 만족시키는 다른 음식을 먹으러 가자고 조르고. 하하."
"맞아. 추어탕 먹기 싫다고 하고 먹고 나면 만족스러워했던 너의 얼굴이 떠올라."
"저 앞으로 추어탕 같은 것을 삶에서 많이 시도해 보려구요."
"추어탕 같은 거?"
"네. 당장은 하기 싫은데 하고 나면 만족스럽고 뿌듯한 거. 당장 끌려서 했는데 하고 나면 내가 왜 했나, 하는 그런 후회스러운 행동이 아니라 당장은 내키지 않더라도 하고 나면 가슴을 만족스럽게 하는 거. 그런 추어탕 같은 그 무엇들이 절 성장시킬 것 같아요. 그 무엇들을 시도해서 저를 변화시켜 보려 합니다."
"그니까 나쁜 습관 같은 것을 고치는 거?"
"바로 그거예요. 고치고 싶은 습관들을 하나씩 고쳐보려구요."
"그거 좋다. 추어탕 같은 거 시도하기."
"네. 저도 한번 저에게로의 여행을 떠나보려구요."
"아, 국물 맛이 진국이구나."
추어탕이 이렇게 맛있을 수가 없다.

"엄마, 알바 하나 하실래요?"
"무슨 알바?"
"방금 만든 회사인데요. 걷기 회사. 전 그 회사의 대표예요. 엄마를 알바생으로 고용하고 싶어요. 알바생이 할 일은 매일 걷는 거. 만 보에 만 원입니다. 그니까 하루 일당이 만 원이네요.

하루 두 시간 정도 투자하시면 알바비 버실 거예요. 매일 알바 하시면 한 달 30만 원 버실 수 있어요."
"엄마가 매일 몇 보 걷는지 어떻게 확인해?"
"정확하게 알 수 있지요. 핸드폰 줘 보세요."
서준이 핸드폰을 건네받더니 어플 하나를 보여준다.
"여기도 이미 깔려 있네요. 일명 만보기 어플. 얘가 엄마 얼마나 걸었는지 정확히 알려줄 거예요."
"사장은 어떤 이득이야? 회사를 차리고 알바를 고용했으면 사장도 이득이 있어야지."
"알바생이 건강해지면 사장은 행복합니다. 그게 사장이 회사를 차린 이유입니다."
"음, 재밌겠다. 그러니까 내가 아들 회사에 알바생으로 고용됐다는 거지."
"네. 월말에 정확하게 확인하고 지불합니다. 하루에 만 보에서 한 보만 부족해도 그날 일당은 없습니다. 아침에 운동장에서 몸 풀고 수리산 감투봉까지 왕복하시면 만 보 될 거예요. 제가 해 본 거예요. 아침에 오천 보, 오후에 해 좋을 때 오천 보해도 좋구요."
"그 회사에 알바생은 나 혼자야?"
"네. 혼자십니다. 그러니까 일 열심히 하셔야 합니다."
"네, 사장님."

"네, 알바생. 잘 부탁해요."
하하, 나와 서준은 마주 보고 웃었다.

찻집으로 자리를 옮겼다.
전통찻집도 오랜만이다. 우리는 오미자차를 주문했다.
투명한 찻잔에 비친 오미자차의 진분홍 색깔이 이쁘다.
"서준아, 요즘 엄마 너무 행복해. 나에 대한 여행을 하고 있는 느낌이랄까. 나를 전공하는 이 시간이 너무 보람 있어. 글을 쓰고 싶었던 20대의 나를 다시 일깨워 매일 글을 쓰고, 일주일에 한 번씩 모델 일을 한단다. 내가 모델을 할 수 있으리라고 그 일을 좋아한다고 생각해 보지도 못했거든. 글을 쓰는 일은 보람 있고 모델 일은 즐거워."
"네. 들었어요. 엄마 스타 되신 거."
"블로그가 뭔지도, 인스타그램이 뭔지도 몰랐어. 요즘 새로운 언어를 배우는 느낌이랄까. 서희와 하이가 컴퓨터 사용하는 법, 블로그에 글 올리는 법을 알려줘. 그래도 엄마가 짧은 회사 경력으로 타자는 좀 쳤잖니. 컴퓨터 습득 속도가 빠르다고 칭찬받았어. 실수하면 서희 누나가 구박하기는 하지만 재밌어. 블로그에 나만의 공간이 있다는 게 참 좋아. 사람들과 소통하는 것도 좋고."
"인스타에서 엄마 사진 봤어요. 정말 아름다우시더라구요."

"아직 인스타는 어떻게 쓰는지 몰라. 모델 사진 찍고 나면 그 사진이 서현이 계정으로 올라가더라고. 난 그 사진들 보는 거지. 이게 난가 싶어. 나도 신기해. 사진작가가 나의 숨겨진 표정과 포즈를 끌어내 주는 것 같아. 아, 뭐라 그러더라. 나한테 숨겨진 끼가 많대. 일도 재밌지만 자식들 자주 보는 게 참 좋아."
"엄마, 죄송해요. 제가 저번에 철없는 말한 거. 진심이 아니었어요. 저의 못난 구석을 덮기 위해 다 남 탓으로 돌렸어요. 제가 비겁했습니다."
서준이 눈물을 뚝뚝 흘린다.

"이리 와 봐, 아들."
서준이의 얼굴을 만지며 눈물을 닦았다.
서준이 훌쩍거리며 말을 잇는다.
"제가 요즘 마음에 여유가 없었어요. 사실 고백하자면 최근 몇 년간 마음고생을 했어요. 몇 년 전에 코인으로 세상이 들썩거릴 때 어느 코인에 투자를 했어요."
"코인? 뉴스에서 떠드는 그 가상화폐인가 하는 거?"
"네. 당시 최고점이었는데 분위기상 더 올라갈 줄 알고. 제가 사고 나서 좀 올라서 상승을 이어가나보다 했는데 2주 후에 폭락을 하더라고요. 너무 떨어지길래 물타기를 해서 빠져나오려고 또 투자했죠. 근데 그게 저점이 아니었어요. 지하로 또

지하로 내려갔어요. 전 그럴 때마다 뭐에라도 홀린 듯이 돈을 부었죠. 적금도 깨서 제가 가지고 있는 마지막 돈까지 모두요. 그런데 가격은 계속 새로운 지하실을 파더니 고점 대비 20분의 1토막까지 떨어졌어요."

"뭐? 20분의 1토막?"

"그래도 지금 다행히 10분의 1토막으로 올라왔어요."

"허, 10분의 1토막이라니. 반 토막도 속이 터질 판인데. 그래서 니가 그렇게 볼 때마다 기운이 없고 살도 빠진 거였구나. 속상하다. 잘 알고 투자 좀 하지. 더군다나 경영학 박사가."

"그러게요. 어디 가서 창피해서 말도 못 해요. 엄마한테 처음 얘기하는 거예요. 그 당시 시장이 경영학 논리로는 설명이 되지 않아요. 조금이라도 벌어 보려고 불나방처럼 뛰어들었죠."

"원금 찾을 수 있는 거야?"

"오랜 시간 술만 퍼먹다가 정신 차리고 코인, 아니 블록체인에 대해 공부했죠. 제가 투자한 코인에 대해서도 깊게 알아보고요. 혁신적인 분야는 맞아요. 더 공부해 보고 싶은 분야이기도 하고요. 이 시장이 워낙 변동성이 커요. 가능성이 없는 건 아니에요."

"아빠가 한때 주식으로 큰돈 날리고 엄마 속을 썩였는데 넌 또 왜."

"제가 이제서야 말씀드리는 이유는... 그동안 왜 여유가 없었는지 말씀드리고 싶어서요. 변명으로 들리시겠지만 저도 용돈 한 푼 못 드리면서 다른 사람 탓만 하는 제가 참 못나 보였어요."

"건강은 괜찮은 거니?"

"그동안 건강도 돌보지 못한 것 같아요. 술 실력만 늘었죠 뭐. 돌이켜보니 아빠와 교감을 나누면서 운동을 함께 한 게 참 행복한 추억이었어요. 저 스스로도 운동을 즐겁게 했어요. 근데 재석이와 경쟁하듯이 운동을 할 때는 몸 만드는 데만 정신이 빠져서 그 과정이 즐겁지 않았던 것 같아요. 요즘 일련의 일들을 겪으면서 그런 생각이 들었어요. 나 스스로와 교감하는, 대화하는 운동을 시작해 보자. 성장하는, 행복한 운동을 하자. 그러면서 걸었어요. 매일. 걸으면서 저와 대화해요. 반성하고 생각을 정리하고 계획하고. 걸으면서 마음도 몸도 건강해지고 있는 것 같아요. 걸으면서 제가 엄마한테 얼마나 못된 짓을 했는지도 깨달았어요. 이제 저희 걷기 회사 알바생과 교감하면서 꾸준히 걷고 싶어요."

"하이가 추천해 준 책, 〈니체가 말했다 여기가 거기니?〉라는 책에 그런 구절이 나오더라. 운동하면 성공하고 행복해진다고."

"저도 그 책 읽었어요. 저 자신을, 저의 현재를 진단하는 데 많은 도움이 되었어요. 그리고 방향 설정도요. 그 말 맞는 거 같아요. 운동하면 성공하고 운동하면 행복해지는 거. 제가 한번 해내려고요. 우리 알바생, 엄마와 함께."

"그래. 우리 한번 해보자. 엄마도 대표님 성적 확인해 볼 거야. 대표님이 직원의 모범이 되어야지. 근데 엄마는 언제 정직원 되는 거야?"

"하하. 스텝바이스텝으로 가야죠. 정직원 되면 페이도 올라가겠죠. 그리고 걷기 난이도도. 우리 알바생이 대리 정도 되면 어떤 이벤트도 있지 않을까요. 그때쯤이면 근력도 좋아지고 골밀도도 좋아질 테고, 우리 니체의 스위스도 도전해 볼까요? 하하."

"아, 질스마리아. 엄마 책 읽으면서 머릿속으로 그곳의 풍경을 그려 봤잖아. 니체의 호숫가 산책길도, 빙하가 흐르는 숲속 길도 정말 가보고 싶더라."

"알바생이 얼마나 열심히 일하냐에 달려 있습니다."

"엄마의 요즘은 일상이 성장이야. 가슴 벅찬 삶이야."

"저의 일상도 성장하는 삶으로 만들려고요. 엄마가 저를 변하게 하신 거예요. 다 엄마 덕분이에요."

My angel

하이의 초대 장소는 바로 우리 집이다.
나와 하이가 살고 있는 바로 이곳.
저녁 늦게 도착한 하이의 품에는 장 본 물건들이 한아름 있었다.
"엄마, 내일 아침 제가 준비할게요. 밖에서 먹는 것도 생각해 봤는데 직접 만들어 드리고 싶어서요."

그날 밤 하이는 거실에서 늦게까지 작업을 하는 것 같았다.
다음 날 아침 눈을 뜨자 하이가 거실로 나오라고 불렀다.
"엄마도 이제 디지털 환경에 익숙해지셔야 해요. 글 쓰시는 데도 도움 되실 거예요. 여기 리모컨에 스피커 모양 버튼을 누르고 원하는 프로그램이나 영화를 말하세요. 그럼 얘가 안내해 줄 거예요. 그리고 간단한 대화도 할 수 있어요. 혼자 심심하실 때 얘랑 대화도 나눠보세요. 한번 해볼까요?"
"반가워."
"반갑습니다. 당신을 기다렸어요."
"앞으로 잘 부탁해요."
"저도 잘 부탁합니다. 고마워요."

"얘는 계속 똑똑해질 거예요. 유튜브랑 넷플릭스 보는 법도 알려드릴게요. 이건 여기 누르시면 돼요. 유튜브, 큰 화면으로 보니까 훨씬 낫죠?"
"아, 하루하루가 신세계네."
"하하. 이제 전 아침 식사 준비하겠습니다."

하이가 앞치마를 두르고 주방으로 들어갔다.
"들어오시면 안 됩니다. 비법을 공개 안 할 거거든요. 하하."
얼마나 사랑스러운 아이인가.
하이가 식사를 준비하는 동안 나는 새로 생긴 친구와 대화를 계속했다.

"짜잔. 여왕마마, 식사하세요."
하이가 준비한 아침 식사는 수프와 버거였다.
플레이팅이 뭐랄까, 따듯했다.
"엄마가 양파처럼 까도 까도 나오는 매력이 있으시잖아요. 하하. 그래서 양파 수프로 준비했어요. 제가 프랑스 배낭여행 갔을 때 아낀 돈으로 유일하게 간 레스토랑에서 먹은 양파 수프가 잊지 못할 맛이었거든요. 직접 만들어서 엄마와 함께 먹고 싶었어요. 그때 프랑스에서 산 와인도 여기 들어갔어요."
"하하. 나한테 양파 같은 매력이 있어?"
"그럼요. 자꾸자꾸 새로운 매력이 나와서 어질어질해요."
"하하. 엄마 자꾸 비행기 태울래?"
"진짠데. 그리고 이 버거는 제가 좋아하는 거 다 집어넣어서 만들었어요. 엄마가 요즘 토마토 드시면 간지러운 것 같다고 해서 파인애플로 했고 치즈 두 종류, 루꼴라, 한우 등심 스테이크가 들어가 있어요. 건강한 재료로 만들었습니다."

수프를 한 입 먹었다.
"아, 양파가 이런 맛도 내는구나. 이 수프에서 깊은 맛이 느껴져. 단맛도 나면서 치즈의 풍미도 좋고. 양파, 정말 매력 있구나. 엄마 또 먹고 싶어질 것 같은데."
"또 해드릴게요. 버거 맛은 어때요?"

"하하. 한 입 먹어보고."
"긴장된다."
"고기와 파인애플 조합이 이렇게 좋구나. 야채도 신선하고. 진짜 건강한 맛이 나는 것 같아."
"엄마, 나 셰프로 투잡 해 볼까? 하하."
몸과 마음이 따듯한 포만감으로 가득한 이 느낌, 참 좋다.

"엄마, 보여드릴 게 있어요."
하이가 스마트폰을 꺼내 무엇인가를 보여준다.
"이거 보세요."
하이가 보여준 건 삼성전자의 주가 차트였다. 그리고 날짜를 가리켰다.
"여기가 아빠가 처음 투자하신 날짜예요."
"아빠가? 아빠가 언제 또 주식을?"
"이 날짜부터 돌아가시기 직전까지 5년간 매달 조금씩 하셨어요. 용돈의 일부 금액으로 하셨대요. 얼마 안 되지만 저한테 사교육 안 시킨 대신으로 무엇을 해주고 싶으셨나 봐요. 그런데 조금씩 매수한 주식이 꾸준하게 성장을 했고 그리고 배당금까지. 이제 적지 않은 금액이 되었어요."
"주식을 그렇게 하는 방법이 있구나. 아빠가 젊은 시절에 잘 알지도 못하는 주식에 투자했는데 그게 상폐가 돼서 힘든 적이 있었거든. 그 일 이후로 엄마는 아빠한테 주식 근처에도 가지 말라고 했지. 그런데 가장 우량한 종목에 매달 여유자금으로 적금 붓듯이. 리스크가 크지 않은 방법인 것 같아. 아빠는 오래전부터 천천히 준비하셨구나. 우리의 미래를."

"네. 저희의 미래를 내다보신 것 같아요. 아빠는 그 돈을 제가 쓰고 싶은데 쓰라고 하셨어요. 근데 제가 어릴 때라 그런지 엄마 이름으로 증권 계좌를 만드셨어요. 공식적으로는 엄마 자산이에요."
"하이야, 그 돈이 너 사업 자금으로 쓰이면 좋겠구나. 네 고생도 덜 수 있을 테고. 아빠는 정말 알수록 놀라운 사람 같아."
"엄마, 제가 그동안 생각을 좀 해봤는데... 전 원래부터 부모님 도움으로 사업을 하고 싶은 생각이 없었어요. 제힘으로 제대로 간지나게 사업 잘 해내는 걸 보여주고 싶거든요. 그런데 제 마음대로 쓰라고 주신 돈이니 제가 제안을 한번 해 볼게요."
"제안?"
"네. 이 계좌는 엄마 이름으로 되어 있어요. 그러니까 엄마 주식이고 엄마 돈입니다. 그런데 엄마가 이 돈이 사업 자금으로 쓰이는 게 좋겠다고 생각하시면 저희 회사에 투자하시는 것이 어떨까요? 엔젤이 되시는 거죠. 그니까 제가 사업 자금을 받는 것이 아니라 엄마가 저희 회사에 투자하시는 겁니다.

저희 회사 주주가 되시는 거죠. 저희 회사가 성장해서 엄마가 투자하신 돈이 불어나면 정말 신날 것 같아요. 아빠가 뿌리신 씨앗이 싹을 틔워 무럭무럭 성장하는 모습, 정말 뿌듯할 것 같아요. 엄마, 저희 회사 주주가 되어 주시겠어요? 엔젤이 되어 주시겠어요?"
"물론이지. 엄마는 너무나도 우리 하이 회사 주주가 되고 싶단다. 내가 한 건 아무것도 없는데 과연 그런 자격이 있을지는 모르겠지만 그래도 된다면 엄마는 주주가, 엔젤이 되고 싶어."
"엄마는 정말 저의 천사예요."
"그 엔젤이라는 거, 판교네 남편 직업 맞지?"
"네, 맞아요. 정 대표님 유명한 엔젤이시죠."
"내가 그 멋진 직업을 갖게 되다니. 내가 뒤늦게 직업 복이 터지나 보다."

"엄마, 여쭤볼 게 하나 있는데요. 혹시 〈차라투스트라는 이렇게 말했다〉라는 책 어디 있는지 아세요? 예전에 아빠 서재에 분명 있었는데 언제인가부터 못 본 것 같아요."
"그 책은 왜?"
"그 책 안에 놀라운 비밀이 숨겨져 있거든요. 들으시면 놀라실 거예요. 아빠는 정말 미래를 내다보는 안목이 탁월하세요."
"책 안에 비밀이 숨겨져 있다고?"

"네. 비트코인이라고 들어보셨죠?"

"코인? 그 가상화폐?"

"네. 미디어에서도 많이 떠들썩하죠."

"서준이가, 아 아니다. 그 코인이 근데 왜?"

"아빠가 대부분의 사람들이 비트코인의 존재를 모르던 시절, 비트코인 5개를 사놓으셨어요. 그때는 정말 푼돈이었어요. 날려도 비싼 식사 먹었다 할 정도? 근데 지금 그 비트코인이 얼마가 된 줄 아세요? 수익률이 어마어마해요. 들으시면 까무러치실 거예요."

"5개인데?"

"네. 비트코인 하나 가격이 어마어마해졌거든요."

"근데 차라투스트라는 왜?"

"그 책 한 페이지에 아빠가 지갑 정보를 적어놓으셨거든요. 그걸 알아야 돈을 찾을 수 있어요."

"그 책, 시골집 책상 위에 있던데."

"시골집이요? 엄마의 공간? 하하. 역시 엄마가 정답이었어요."

"왜 그곳에 있을까?"

"아빠의 사랑이 느껴지지 않으세요? 우리 아빠는 미래를 내다보는 안목을 가지신 로맨티시스트이시네. 정말 멋지세요."

"정말 이이는 무슨 숨바꼭질을 하는 것도 아니고. 날 몇 번을 놀래키는 건지."

"엄마, 전 사업으로 성공하고 싶은 이유 중의 하나가 엄마를 돈에서 해방해 드리고 싶은 거였어요. 엄마가 돈이 아닌 엄마의 본질에 집중하는 것이 제가 원하는 것이었거든요. 근데 제가 사업에 성공하기까지 걸리는 시간 동안 아빠가 투자한 비트코인이 엄마를 생활비라는 굴레에서 해방시켜줄 수 있을 것 같아요."

"투자라는 것이 매수 타임이 언제인지, 어떤 방식으로 하는지가 정말 중요하구나. 엄마는 아빠한테 주식 근처에도 가지 말라고 바가지 긁었는데."

"네. 투자 방식에 대해서도 교훈을 얻었어요. 아빠는 계속해서 저한테 교육하고 계신 것 같아요."

"비트코인, 아빠가 너한테 남기신 거 아닐까? 엄마 이제 생활비 괜찮아. 모델료도 받고 있고 서준이 걷기 회사 알바도 하고 있고. 요즘 블로그라는 나만의 공간에서 글을 쓰고 올리는 게 나에겐 너무 의미 있는 일이란다. 서희가 나를 작가님이라고 불러줘. 20대에 두고 외면해 온 나와 다시 마주하는 것 같아. 하이야, 엄마 걱정 안 해도 돼."

"저도 엄마가 요즘 행복해 보이셔서 너무 좋아요. 그런데 〈차라투스트라가 이렇게 말했다〉가 왜 시골집 책상 위에 있었을까요? 전 아빠의 마음을 읽을 수 있을 것 같아요. 전 멋진 아빠의 멋진 아들이 되고 싶어요. 제 행복을 빼앗지 말아 주세요."

"하이야, 그 질문 있잖아. 〈니체가 말했다 여기가 거기니?〉에 나온 세 가지 질문."
"당신의 일은 소명입니까?
당신은 즐겁습니까?
당신의 삶에는 키스가 있습니까?
이 세 가지 질문이요?"
"응. 엄마가 얼마 전까지 그 질문에 네, 라고 대답할 수 없었거든. 그래서 행복하지 않구나, 하고 생각했지. 근데 이제 그 질문에 네, 라는 방향으로 가고 있는 것 같아. 난 행복해지고 있어."
"저도 엄마 덕분에 너무 행복해요."
하이는 엄마 볼에 뽀뽀했다.
"엄마가 우리 엄마라서 너무 좋아요."

5부

여기가 거기니?

monologue 서희

알고 있다.
내가 엄마 아빠의 첫사랑이라는 것을.
아빠 엄마도 부모가 처음이었다는 것을.

첫사랑은 특별하고 각별하다.
그리고 처음이라는 것은 서툴 수도 있다는 것을 의미한다.
뒤이어 다른 사랑을 해도 첫사랑에 의미를 부여하고 영원히 잊지 못한다.

첫사랑이라는 과분한 대접에는 나도 부모님도 미처 알지 못한 함정이 있었다.

첫사랑을 듬뿍 준 첫아이에게 집착하고 때로는 감정을 휘두른다.
그들이 원하는 삶을 강요하기도 한다.
상대방의 시선에 민감하고 타인의 시선에 가두기도 한다.
그들이 만든 성에서 빠져나오려고 하면 베푼 사랑에 상처받았다고 생각한다.

엄마는 상처받았을 때 이런 말을 했다.
"내가 너를 어떻게 키웠는데.
딱 너랑 똑같은 자식 낳아봐라."
난 그럴 때 이렇게 맞받아쳤다.
"딱 나랑 똑같은 아이 낳고 싶어요.
그런 아이를 어떻게 다르게 키우는지 보여주고 싶다구요."

아빠가 돌아가신 후 엄마는 나에게 더 의지했다.
"넌 나의 남편이자 친구야."
첫 자식이라 말할 수 있다며 속마음을 얘기하기도 하소연하기도 했다.
상황을 파악하고 엄마의 마음을 어루만지거나 동생들을 훈계하거나 그들의 마음 또한 어루만지거나 해야 했다.

각별한 첫사랑은 시기와 질투를 받는다.
내가 각별하고 특별한 그 사랑을 원한 것도 아닌데.
동생들은 내가 꿈을 향해 달려갈 때 응원보다는 상처를 주었다.
그들에게 장녀는 자신의 꿈보다는 동생들의 꿈을 우선해야 하는 위치였던 것이다.

가족 누군가가 나의 선택을 기뻐해 준 기억이 별로 없다.
누군가가 원했던 삶을 살거나 누군가를 위하는 삶을 살기를 선택하지 않았기 때문이다.
난 나의 꿈을 향해 가면서 그 길이 버거웠다.
감정적 속박에 갇힌 채 그 길을 걸어갔다.
때로는 그들의 감정적 쓰레기통이 된 기분도 들었다.
그 감정에 눌려 행복하지 않은 상태에서 나의 꿈을 포기하지 않았다.

돈에 대해서 크게 생각해 본 적이 없다.
부자가 되어야 한다는 생각도 돈에 대한 욕심도 별로 없다.
명품 가방 한 번 사 본 적도 없고 그런 허세에 대한 욕망도 없다.
"너희들 키우느라 나의 인생을 다 바쳤는데 아무도 나에게 생활비를 주지 않는구나."
엄마가 그런 상황에서 가출을 한 걸 알았을 때 돈이 머릿속을 차지하기 시작했다.

돈에 대해서 크게 생각해 보지 않고 산 건 부모님의 그늘에서 편안하게 산 덕분이다. 부모님이 원하는 삶을 살지 않았음에도 부모님이 결국 내가 선택한 삶에 대한 경제적 지원을 지속한 덕분이다.
내가 한 선택이 돈을 벌어들이고 있었더라면, 돈이 풍족해서 서준이가 원한 유학도 갈 수 있었더라면, 서현의 선택에 보탬을 줄 수 있었더라면, 엄마에게 생활비를 드릴 수 있었더라면 그랬었다면 우리는 서로에게 상처를 안 주었을까? 우리의 관계가 따듯했을까?

돈에 초연한 척했지만 정작 돈의 굴레에서 벗어나지 못한 것이 감정적 속박에 갇힌 이유 중의 하나가 아니었을까. 돈으로부터 자유롭지 못하기 때문에 눈치를 보는 삶을 살고 있던 것은 아닐까. 돈이 많다면 시나리오만 이렇게 오래 들고 있지는 않겠지. 돈이 내 삶의 바운더리를 제한하고 있다는 사실을 깨달았다. 억눌린 심리를 돈이 더 내리누르고 있었다. 나에게는 경제적 자유가 없었고 그것이 굴레로 작용하고 있었다. 돈보다 소중한 가치는 많지만 돈이 소중한 가치들을 희석시킬 수도 있다는 것을 인정해야만 했다.

엄마가 꿈 대신 결혼을 선택한 것은 엄마의 선택일 뿐이라고 생각했다.
엄마는 왜 그렇게 돈돈거리며 살까, 하고 생각했다.
엄마는 첫사랑인 나에게 모든 것을 쏟아붓고 나의 성장만이 엄마의 성장이 될 수 있다고 생각했다. 나 또한 그렇게 생각한 것이 아니었을까?
엄마 안에 얼마나 다채로운 자아가 있는지 엄마 스스로가 얼마나 성장 잠재력이 큰지 생각하지 않았다.
엄마가 왜 그렇게 돈돈거리며 사는지, 우리가 어떻게 그 돈에서 해방할 수 있는지 생각하지 않았다.

엄마와 레스토랑에서의 저녁 시간은 마법과도 같은 시간이었다.
엄마의 20대를, 자신의 꿈이 꺾인 한 여인이 가정이라는 울타리 안에서 얼마나 최선을 다하여 살아왔는지를, 너무 오랫동안 찾지 않아 굳어져 버린 꿈의 흔적을 건드리자 얼마나 많은 이야기와 억눌린 에너지가 분출되었는지를 느낀 경이로운 시간이었다.

엄마 스스로가 엄청난 컨텐츠였다.
철없는 자식과 엄마 스스로가 모르고 있었을 뿐.
그동안 자신만의 공간을 갖지 못해 자식이라는 공간 안에서 머물렀다는 것을.

이제 엄마는 온라인에서 블로그라는 자신만의 공간을 가지고 있다. 미래를 내다본 아빠가 마련해 놓은 자신만의 힐링의 공간도 있다.
엄마가 문학에 발을 내디뎠던 새내기였던 것을 잊었다.
엄마의 글을 읽었다.
내 마음이 움직였다.
영감을 받았다.
좋은 글이란 무엇인가. 훌륭한 컨텐츠란 어떤 것인가. 내가 만들려는 영화는 무엇을 위한, 누구를 위한 영화인가.

이제 엄마는 엄마를 들여다보는 법을 안다. 엄마의 다채로운 자아가 하나씩 깨어나고 있다. 그 자아들은 굳이 나이를 개의치 않는다. 늦게 깨어난 것이 아쉽지만 응축된 에너지는 폭발력을 가지고 있다. 어떤 자아는 늦은 자아라 매력이 부가되는 것도 있다.
깨어나고 있는 엄마의 자아들 때문에 엄마는 더 이상 첫사랑에 집착하지 않으려 한다. 오히려 첫사랑의 바보 같은 자아를 건드려준다. 조신하고 우아한 껍데기 아래 숨어 지내는 바보 같은 자아를.

움켜쥐고 있는 나의 시나리오를 들여다보았다.
고된 과정을 거쳐 그 시나리오는 탄생했다.
오랜 시간 집착했던 그 아이를 떠나보려 한다.

나는 요즘 새로운 시나리오를 쓰고 있다. 매일 조금씩 쓴다. 글을 쓴다는 것이 이리 가벼울 수도 이리 즐거울 수도 있는 거였나?
갇혀있던 나만의 공간에서 나와 활동 반경을 넓히고 있다. 뮤직비디오도 작업했다. 또 다른 재미가 있었고 음악 하는 사람들과도 어울리게 되었고 돈도 벌었다. 다른 세계와의 교류는 나의 컨텐츠를 방해하는 것이 아니었다. 그 작업을 하며 영감 받아 작사도 하고 있다. 새로 알게 된 작곡하는 친구가 그 작사에 관심을 보였다. 훗날 나의 영화 음악으로 쓰일 수도 있고 다른 작품에 쓰인다고 하더라도 영광이다.

나를 그동안 가둔 것은 가족이었을까, 나였을까. 가둔 것은 가족일 수도 나일 수도 있지만 나오지 않은 것은 나였다.

엄마가 자신의 갇힌 공간에서 또 자식이라는 공간에서 빠져나가자 엄마도 나도 가벼워졌다. 그동안 왜 나는 나의 갇힌 공간에서 나오지 않았으며 갇힌 엄마 또한 도와주지 않았을까.

엄마가 자신을 전공하게 도와주는 하이가 제안한 프로젝트는 마법을 부렸다. 그 프로젝트는 나 또한 전공하게 했다. 엄마와 나를 갇힌 공간에서 나오게 했다. 나온 엄마와 나는 이제 편안하게 걷고 또 달리고 있다. 우리는 같은 레인에 서 있지 않다. 각자의 레인에서 걷고 달린다. 우리는 서로에게 웃으며 물도 건네준다.
이제는 엄마의 좋은 친구가 될 수 있을 것 같다.

monologue 서현

둘째 컴플렉스란 게 있다는 것을 어디선가 들었다. 그 컴플렉스가 강한 동기부여가 될 때에는 성공의 에너지원이 된다고 했다. 근데 의문이 든다. 상처가 바탕이 된 성공이 건강한 성공이 될 수 있을까.

맞다. 나에게는 컴플렉스라는 것이 있었다. 나도 주목받고 인정받고 싶었다. 하지만 이쁘고 똑똑한 언니와 잘 생기고 똑똑한 게다가 아들인 남동생 사이에서 내가 비집고 들어갈 틈은 없었다. 죽었다 깨어나도 그들보다 공부 잘할 자신은 없었고 그래서 공부가 더 하기 싫었다. 공부를 안 하면 공부를 안 해서 못하는 거지 하면 잘할 아이가 되는 것이다. 외모는 또 어떤데. 서희가 진짜 너네 언니냐, 넌 다리 밑에서 주워 온 아이 아니냐, 그런 질문은 학창 시절 내내 따라다녔다. 그래서 어차피 다르다는 소리 듣는 거, 내 방식대로 살기로 했다. 부모님도 언니와 남동생에게 쏟아붓는 에너지가 어마해서인지 나한테 당신들이 원하는 방식대로 강요하는 강도가 그리 세지 않았다.

어쨌든 난 내 방식대로 주목을 받았다. 개성 있게 옷을 입는 것은 이쁘게 생긴 사람이 아니라도 매력 있는 사람으로 보이게 할 수 있다는 것을 알았다. 그때부터 패션에 관심을 가지게 되었다. 저렴한 가격으로 산 옷인데도 사람들이 어디서 옷을 샀느냐고 물어봤다. 사람들은 비싼 브랜드의 옷인 줄 안다. 나의 패션 스타일이 꽤 괜찮다는 자신감을 얻었다. 돈을 벌어 얼마나 악착같이 저축했는지 아마 가족들은 모를걸. 돈을 가장 많이 쓴 곳은 여행이다. 여행은 공부하기 싫은 나에게 현실적인 교육의 장이었거든. 다양한 사람들의 패션 스타일을 보고 좋아하는 매장을 둘러보며 나 자신을 교육했다. 여행 가서도 제일 싼 음식을 먹고 제일 싼 숙소에 묵었다. 남편 제임스도 상하이의 한 게스트하우스에서 만났다. 돈에 구속되기 싫었고 돈으로부터 자유로워지고 싶었다. 그러기 위해서는 부자가 되어야 했다.

난 하고 싶은 말을 참지 않고 했다. 일찍이 언니가 부모님과 사회가 만든 공간에 갇혀있다는 것을 알았다. 어른들, 선생님들 모두가 언니를 좋아했다. 모범생의 전형이었으니까. 언니는 점점 그 공간 속으로 걸어 들어갔다. 부러웠던 언니가 언젠가부터 안타까웠다. 그런 언니가 멋있었던 적이 있었지. 서울대 졸업하고 승승장구하며 집안의 자랑이 될 줄 알았던 언니가 영화를 하겠다고 선포한 거지. 그리고는 유학을 갔다. 그때 정말 부러웠다. 나도 패션으로 유학 가고 싶다고 생각했다. 나도 그 공부만큼은 열심히 할 것 같았다. 이사를 갔다. 여러 가지 이유가 있었지만 언니의 유학 비용도 그 이유 중의 하나였다. 나도 유학하고 싶다는 말을 꺼내지 않았다. 물론 실력도 되지 않았다.

그런 언니가 유학을 다녀와서 몇 년간 시나리오만 붙잡고 있다. 어릴 때부터 나의 눈에 비친 언니의 이미지는 언제나 책상에 앉아 공부하고 있는 모습이었다. 돈 벌겠다는 생각은 없는 것일까. 늙고 지친 엄마가 언니의 눈에는 보이지 않는 것일까. 사소한 다툼이 있을 때마다 나는 언니에게 아프게 퍼부었다. 내가 더 이상 언니보다 못난 것도 없어 보였다. 걱정을 가장한 채 나의 묵은 감정을 쏟아냈다.
나도 내가 못된 것을 안다. 그래서 컴플렉스가 바탕이 된 성과는 그다지 바람직하지 않다고 생각한다. 난 컴플렉스가 아닌 긍정적 자극으로 시작했어야 했다.

서준이는 내가 전문대졸이라는 것을 은근 자주 비꼬았다. 어디 가서 서희 누나 동생이라고 말하지 서현 누나 동생이라고 말하는 걸 본 적이 없다. 얄미운 놈. 서준이가 모두의 기대와 달리 전문대 졸업하고 직업도 한 번 제대로 가져보지 못 한 사람과 결혼할 때 사실 마음 한구석은 조금 고소했다. 전문대 출신 비웃더니 잘됐네. 그런데 올케 될 사람이 인스타에서 종종 볼 수 있는 허세 가득한 사람이면 어떡하지, 하는 걱정이 더 됐다. 직업도 없다는데 그녀는 진짜 명품 가방을 메고 있었다. 그것도 볼 때마다 다른 걸로. 내 잘난 동생 서준이가 생각 없는 애랑 결혼하는 거 아냐, 그런 마음의 불편함이 상당했다.

가족이라는 건 뭘까? 얄밉고 질투 나다가도 누군가에 의해 다치기라도 한다면 너무나 속상하다. 어릴 때 서희 언니가 동네 거친 성격의 아이한테 맞고 들어온 적이 있었다. 우아한 서희 언니가 공격을 가했을 리 만무하다. 감히 우리 언니한테. 그날로 나는 서준이와 전략회의를 하고 언니를 괴롭힌 그 아이의 동선을 확인한 후 밟으면 터지는 폭탄을 설치해 놓았다. 장난감용 폭탄이고 인체에 해도 없지만 확실히 놀라게 해 줄 수 있는 물건이었다. 예상했던 대로 그 아이는 혼비백산해서 그 자리에 주저앉았다. 몰래 지켜보던 서준이와 나는 줄행랑쳤다. 언니한테는 비밀로 했다. 그때 달리면서 이런 생각을 한 것 같다. 나도 내 마음을 잘 모르겠다. 그런데 이런 게 가족이구나, 하고.

하이에게 프로젝트 제안을 받았을 때 사실 나는 어떻게 엄마가 자신을 전공할 수 있게 할지 감이 잡히지 않았다. 다만 내 버킷리스트 중의 하나인 엄마한테 명품 가방 제일 먼저 선물하는 자식 되기, 라는 것을 실천해 보자는 생각이 들었다. 엄마가 무엇을 좋아하고 잘하실 수 있을지 천천히 생각해 보자, 그런 마음이었다. 습관적으로 그날의 사진을 인스타그램에 올렸는데 그것이 엄마에게 새로운 직업을 가져다주게 될지 그러니까 프로젝트를 완수하게 될 줄은 생각지도 못했다. 더군다나 그것이 내 회사의 터닝포인트가 될 줄은 상상도 못 했다. 효녀 소리 듣겠지, 그런 걸 기대하는 마음은 조금 있었다.

아이러니하게도 그 발화를 올케가 할 줄은 더군다나 몰랐다. 타인이 가족이 되기까지는 시간이 걸린다. 걱정했던 올케는 시간이 갈수록 좋은 사람인 걸 알게 되었다. 철없는 허세기가 좀 높을 뿐이다. 그런데 허세기도 어떤 방식으로 끌고 가냐에 따라 다른 결과물을 낼 수 있었다. 얼마 전부터 올케는 인스타그램 인플루언서로서의 파워를 재화로 바꾸는 능력을 발휘했다. 전자제품부터 뷰티 제품까지 다양하게 삶 속에서 녹여내며 효과적으로 홍보를 하고 돈을 벌고 있었다. 집에서 쌍둥이 키우면서 일하기에도 무리가 없어 보였다. 아마도 서준이보다 돈도 더 버는 것 같았다. 올케는 경험을 쌓은 후 언젠가는 자신의 가방 브랜드를 만드는 것이 꿈이라고 했다. 오래지 않아 또 한 명의 사업가가 탄생할 것 같다.

우리 모두에게는 자기만의 자리와 길이 있다.
내가 있는 자리에 너는 왜 속하지 않았냐고 질타할 필요도, 남이 있는 자리에 내가 속하지 않았다고 부러워할 필요도 없다. 내가 있는 그 자리에 기회는 이미 있기 때문이다. 남의 자리만 들여다보느라 그것을 깨우치지 못했을 뿐.
서로가 각자의 자리에서 길을 잘 찾고 개발해 나갈 수 있도록 응원해 주는 것이 가족의 역할일 것이다.

회사의 터닝포인트가 되어 준 엄마 전공 프로젝트. 기존의 젊은 세대를 위한 라인보다 엄마를 모델로 내세워 노년을 타겟으로 한 브랜드가 우리 회사의 인지도를 높여주었다. 그리고 작업하면서 또 다른 영감을 얻었다. 하이가 제안한 프로젝트는 마치 화수분 같다. 영감받아 새롭게 기획하고 있는 상품은 뭘까? 음, 아직은 비밀이다.

이 프로젝트는 내 마음에도 큰 변화를 가져다주었다.
아이를 가지고 싶다. 엄마가 하이를 키워낸 그런 방식으로 그리고 내가 깨우친 나의 깨달음을 담아 내 아이를 키우고 싶다. 아이의 성장을 도와주고 나 또한 아이를 통해 다시 나를 깨우치고 성장하고 싶다. 그렇게 우리, 함께 가고 싶다.

monologue 서준

가족이라는 이름은 많은 감정을 복합적으로 담고 있다.
힘든 순간에 가족밖에 없다, 는 말도 가장 크게 마음의 상처를 주는 사람이 가족, 이라는 말도 사실인 것 같다.
가족이라는 이름으로 그 사람의 삶에 개입하여 가족이 원하는 삶의 모습으로 바꾸기를 강요하는 것은 무형의 폭력이라는 것을 알았다.
가족이 자신을 잃어버리게 하는 존재가 아니라 자신을 찾아 잘 걸어갈 수 있도록 하는 울타리이며 공감과 응원을 받는 따듯한 곳이어야 한다는 것을 깨달았다.

나는 판에 박힌 삶을 살고 있었다.

그리고 판에 박힌 성공을 못 한 것을 가족 탓으로 돌렸다. 그러니까 그 모든 것이 너무나도 판에 박힌 사람이었던 것이다. 나 자신의 방식을 찾아 노력하지 않았다. 판에 박힌 노력이 임계점을 넘을 리 없다. 임계점을 넘어 이뤄낸 성과에 대한 희열감, 그 희열감을 느껴보고 싶어졌다.

부유한 삶이란 무엇일까?
자신이 원하는 가치 있는 삶을 향해 잘 걷고 있는 사람 아닐까? 누구에게나 공평한 시간을 허투루 쓰는 삶이 아닐 것이다.
어릴 적 아빠와 하이가 매일 이른 아침 운동하러 나서는 것이 한편으로 부러웠다. 아빠도 하이도 같이 가자고 했지만 난 아침 일찍 일어나는 것이 힘들었다. 알람을 맞춰 놓아도 손을 뻗어 알람을 꺼버리고 다시 잠자리에 들었다. 그리고 엄마가 두세 번 깨울 때까지도 일어나지 못했다. 더 이상 자면 지각인 그 시간까지 버티다가 일어나면 등산을 마친 햇살을 가득 머금은 표정의 하이가 들어왔다. 내가 잠들어 있는 동안 하이는 아빠와 의미 있는 시간을 만들고 자신의 길을 만들어가고 있었다.

내가 지금껏 나의 삶에서 임계점을 넘어 본 적이 없고 나 스스로가 나의 인생을, 나의 하루를 이끌어 가지 못한 것은 나의 아침조차 깨워본 적이 없기 때문이 아닐까? 자신을 단련하지 못했기 때문이 아닐까? 아침을 허둥지둥 시작하니 하루를 리드하지 못하고 계속해서 시간이 부족하다는 말만 남발하고 잘 풀리지 않는 일에 남 탓을 했다.

나의 이미지를 스스로 떠올려 보면 임계점을 넘지 못하고 우물 안에서 계속해서 왕복운동만을 하고 있다. 매번 후회하면서도 다시 우물의 벽에 부딪히고 돌아온다. 나 스스로가 나에 대해 그런 이미지를 가지고 있다. 나의 잠재의식 속에 나에 대한 믿음이 없다. 아침에 이불을 걷어차고 일어날 수 있는 자신에 대한 통제력조차 없는 인간이 무엇을 할 수 있겠냐는 불신이다. 나 자신도 이길 수 없는데 무엇을 이길 수 있겠냐는 내면의 속삭임 때문이다. 내 잠재의식 속의 불신과 어두운 속삭임을 쫓아내고 싶다.

하이가 이런 말을 했다.
"형, 나는 내가 금수저가 아닌 게 좋아. 만약에 우리 부모님이 돈이 넘쳐서 너희가 하고 싶은 거 다 해라, 하시며 유학비며 사업 자금이며 척척 대주셨다면 난 아마 성장의 기쁨을 몰랐을 거야. 내가 만들어내는 경험, 무에서 유를 창조해나가는 그 경험에서 오는 환희는 안 해 본 사람은 그 느낌 모를걸. 너무나 소중하고 가치 있는 감정이지. 난 다른 누군가가 아닌 나 자신에게 잘 보이고 싶어. 환희의 경험이 쌓일수록 나 스스로가 좋아져."

나도 다른 누군가가 아닌 나에게 잘 보이고 싶다. 불신과 어두운 속삭임과 절교하고 싶다.
아빠가 나에게 엄마의 트레이너가 되어 달라는 메세지에는 깊은 뜻이 있었다. 먼저 너 자신의 트레이너가 되라는 말씀이었다. 아침을 깨우고 나 자신을 깨우라는 말씀이었다. 과거의 선택들이 현재의 나라면, 내가 원하는 나는 지금부터의 선택들에 달려있다는 말씀이었다.

나의 아침을 깨워보려 한다.
나의 아침을 걸어보려 한다.
타인의 기준에 휘둘리지 않는 길을 걸어보려 한다.
얼마나 걸으면 나를 만날 수 있을까.

엄마와 동행하려 한다.
내가 나를 만나는 그 길을 잘 걸어갈수록 엄마가 엄마를 만나는 그 길을 더 잘 안내할 수 있을 것이다. 시작하는 데까지 오래 걸렸지만 우리는 각자, 또 함께 자신을 만나는 그 길을 즐겁게 꾸준히 걸어 나갈 것이다. 서로를 응원하면서.

monologue 하이

성장은 실수를 저지르지 않는 것이 아니라 같은 실수를 저지르지 않음으로써 온다고 생각한다. 몇 번의 스타트업 실패를 했다. 하지만 그 실패는 나에게 무형자산이 되었다. 같은 실수를 반복하지 않고 실패를 통해 얻은 교훈을 적용하며 새로운 도전을 했다. 새로운 도전을 할 때마다 나는 성장했다. 그 과정에서 고뇌와 인내가 동반했지만 가치 있는 시간이라 생각한다.

직원을 뽑을 때 학력과 나이는 고려 사항이 되지 않는다. 딱 두 가지 사항에 집중한다. 뛰어난 실력이나 잠재력을 가졌는가 그리고 우리 기업문화와 맞는가.

우리 회사의 직원 나이는 10대부터 70대까지 아우른다. 다양하게 좋은 경험을 쌓은 어른은 직관과 공감 능력이 뛰어나다. 나이가 많다고 해서 그런 양질의 경험을 한 어른을 일터에서 배제하는 것은 균형감각이 떨어진 기업문화를 만드는 것이다. 마찬가지로 나이가 어리다거나 명문대 출신이나 대졸이 아니라는 이유로 입사에 제한을 두는 것 또한 인재를 놓치는 일이다. 학력과 상관없이 실력과 아이디어 넘치는 어린 친구들이 많으며 이들이 직관과 연륜이 풍부한 어른과 만날 때 생기는 시너지 효과는 강하다. 그들은 서로에게 성장할 수 있는 신선한 자극을 준다.

시대를 넘나드는 구성원도 있다. 독서클럽을 운영하는데 주로 인물의 일대기를 다룬 책을 선택한다. 책을 정독하고 토론하면서 시간과 공간을 초월해 그 인물과 함께한다는 느낌을 받는다. 책을 통해 만난 인물과 대화하며 깨닫고 깨친 바를 우리 기업문화에 적용하므로 그들 또한 우리 회사의 중요한 구성원이다. 니체와 볼테르, 랄프 에머슨이 우리와 함께한다.

우리 회사는 나이는 숫자에 불과하다, 라는 곳을 보여주는 곳이다. 나이가 어리든 많든 각자의 강점을 발휘하면서 부족한 점은 보완되며 시너지를 일으키고 혁신과 성장을 하는 역동적인 공간. 이 기업문화 또한 우리의 훌륭한 무형자산이라고 생각한다.

돈을 목적으로 사업을 하는 것이 아니다. 돈만을 많이 벌기 위해서였다면 더 쉬운 길이 있다. 어릴 때 돈을 많이 벌고 싶다는 욕망이 있었다. 엄마가 돈 걱정 없이 살았으면 해서다. 아빠가 계실 때에도 생활비에 네 자식 교육비에 돈은 언제나 부족했고, 혼자가 되신 이후도 우리가 성장한 이후에도 돈으로부터 자유로운 적이 없었다. 엄마의 머릿속은 돈 걱정, 우리 걱정으로 가득 차 있느라 정작 엄마 자신이 들어갈 공간은 없어 보였다. 빨리 돈을 많이 벌어 머릿속의 그 걱정들을 걷어버리고 싶었다. 웅크려 있는 엄마의 자아를 주 무대로 끌어올리고 싶었다. 돈으로 가득 채운 방석을 만들어 엄마한테 선물하는 미래 나의 모습을 상상하기도 했다.

사랑하는 가족이 본질에 집중하게 하고 싶어 돈을 벌고 싶다. 돈이 아닌 내가 추구하는 가치에 집중하기 위해서 돈을 벌고 싶다. 돈의 속성에 대해 생각해 보았다. 돈이 삶을 지배하고 있으면 삶은 수동적일 수밖에 없다. 타임 루프 속에 갇힌 채 원하지 않는 반복적인 생활을 해야 한다. 돈이 풍족하다고 해서 행복하지만은 않다. 돈의 한계이다. 돈이 주는 경제적 자유의 힘으로 본질과 추구하는 가치에 집중할 수 있을 때 행복은 가까이 온다. 내가 원하는 컨텐츠로 삶의 시간을 채우기 위해서 나는 사업을 한다.

내 주위에는 세상을 바꾸고 싶은 창업자들이 넘친다. 세상을 바꾸는 기술이 해가 갈수록 다양하게 빠르게 다가오고 있다. 나의 사업도 그 기술과 함께한다. 하지만 내가 바꾸고 싶은 세상은 그 기술로 인해 더욱 빠른 속도로 변화하는 편리한 세계가 아니다. 그 기술을 활용해 더 따뜻한 세계로 향하는 진화다. 인공지능이나 블록체인, 웹3.0 자체의 혁신이 아니라 그 기술을 활용해 건강하고 행복한 사회적 가치를 높일 수 있는 일이다. 그것이 내가 추구하는 가치이고 사업을 하는 이유이다. 그리고 그 근본은 가족이다.

우리 가족은 서로를 사랑하면서도 그 사랑을 표현하는 방법이 서툴렀다. 그 사랑은 때로 왜곡되고 때로 오해를 일으켰다. 돈을 탓하기도 했지만 돈의 탓이 아니었다. 자신조차 제대로 전공해 본 적이 없기 때문에 상대를 제대로 이해할 수가 없었다.

오랜만에 〈Eat pray love〉란 영화를 다시 보았다.
삶과 행복의 본질을 꿰뚫는 한 노인이 말한다.

"때때로 사랑하면서
균형을 잃을 수도 있지만
그것이 균형 있는 삶으로 가는 과정이야"

가족이 서로에게 남긴 상처를 묵히기만 한다면, 또 다른 상처를 남길까 봐 거리를 둔다면 그건 균형이 아니다. 균형을 잃는 게 겁나서 서로를 들여다보지 않는다면 우리는 균형을 잡지 못한 채 살아갈 수 있다. 때로 균형을 잃는다 하더라도 그래야 우리는 성장하면서 건강한 균형을 찾아가는 것이다. 서로를 사랑하는 가족은 그 균형을 찾아갈 수 있다고 믿는다.

노인은 또 말한다.
"네 안의 간도 웃지?"
내 안의 간도 웃는다. 행복을 이리 잘 표현한 문장이 있을까? 난 이번 프로젝트를 통해 우리 가족이 몸 안의 간이 웃는 방법을 알게 되었으면 했다.

아트라베시아모,
우리는 시너지를 낼 수 있는 좋은 팀이다.
우리 함께 잘 가보자고요.

여기가 거기니?

나이 드는 것은 강제지만 성장하는 것은 선택이다, 라고 하이가 누군가가 한 말을 말해줬다. 찰리 뭐라고 했는데 정확한 이름은 기억나질 않는다.
지금껏 나는 나의 성장을 선택하지 않았다. 가족 걱정을 하고 견디어 내는 것이 어쩔 수 없는 나의 삶이며 그래야만 한다고 생각했다. 그 결과, 여기에 나는 없고 나이만 있었다. 하이가 제안한 프로젝트를 하기 전까진.

하이가 〈인턴〉이라는 영화를 추천해 줬다.
"내 마음엔 아직 음악이 흘러요."
극 중 벤이라는 나이 많은 주인공이 인턴 면접을 볼 때 한 말이다.

그렇다. 내 마음에도 아직 음악이 흐른다. 나이가 많이 들었다고 흐르는 음악이 중지되는 것이 아닐 것이다. 어쩌면 나이에 상관없이 우리는 마음속의 음악이 잘 흐를 수 있도록 나의 마음을 잘 살펴줘야 할 것이다.

이번 프로젝트로 감추고만 있던 아니 나조차도 몰랐던 나의 음악을 알게 되었다. 그리고 나는 성장을 선택했다. 매일 아침 걷기 알바를 하고 매일 글을 쓰고 일주일에 한 번씩 모델 촬영을 한다. 내 마음속의 음악이 계속해서 흐를 수 있도록, 다양한 장르의 음악도 연주할 수 있도록 나의 마음을 들여다보고 나를 알아 가고 있다. 아쉬움이 있다면 이 선택을 왜 지금에서야 했을까, 하는 후회다. 왜 나의 음악 볼륨을 그렇게나 낮게 줄여 놓았을까, 하는 후회다. 그 수많은 세월 동안. 그래서 하루하루가 소중하다. 그동안 알지 못했던 나를 전공하느라 매일이 소중하고 매일이 바쁘다.

코로나로 전 세계가 떠들썩하다. 코로나가 나의 이 소중한 시간을 멈추지 않기를 바랐다. 어떻게 나한테 온 나 자신인데. 백신 2차 접종을 하고 몇 개월이 지났다. 그날은 모델 촬영이 있는 날이었다. 외출 준비를 하는데 목이 따가워 옴을 느꼈다.

어젯밤 잠도 제대로 자지 못했다. 열도 나는 것 같았다. 체온계를 찾아 열을 재 보았다. 37.5도. 서현에게 전화를 걸어 촬영을 미루고 바로 병원으로 갔다. 병원에서 또다시 열을 쟀다. 38도. 의사는 코로나 검사를 받아보라고 했다.

떨렸다.
감기겠지.
감기일 거라 생각했다.
PCR 검사를 위해 보건소 직원이 코끝을 찌를 때 가슴이 찌릿했다. 검사를 받고 돌아오면서 지난 며칠간의 동선을 생각했다. 운동하고 글 쓰고 요리하고…. 대부분의 시간을 집에서 보냈다. 아, 그저께 옆 단지의 동네 친구와 중심상가에 위치한 식당에서 점심을 먹었구나. 몇 개월간 보지 못해서 만나자는 말에 거절하기가 어려웠다.
열이 가라앉지를 않는다.
병원에서 준 약을 먹었다.
두려웠다.
서희에게 전화를 걸었다. 서희가 한걸음에 달려왔다.
혹시 몰라 마스크를 벗지 않았다.
서희는 저녁 준비를 해준 후 자고 가겠다고 했다. 가라고 몇 번이나 말했지만 말을 듣지 않았다. 서희 부른 걸 후회했다.

다음날 이른 아침, 전화벨이 울렸다.
예감이 이상하다.
확진이 아니라면 문자로 보내지 않았을까, 라는 생각이 스쳤다.
"보건소입니다. 코로나 검사에 양성반응으로 나왔습니다."
그 뒤에 한 얘기는 잘 들어오지 않았다.
설마 했는데....
나 어떻게 되는 거지?
9시가 되자 다른 직원한테 전화가 왔다.
나의 동선을 확인하는 통화를 하는데 진땀이 났다. 증상 있기 이틀 전부터 확인하는데 아, 서희한테 전화하지 말았어야 했다. 서희는 밀착 접촉자로 분류되어 검사받아야 하고 음성이 나와도 자가격리에 들어가야 한다고 했다. 옆 단지 친구에게도 연락이 간다고 했다. 그 친구는 검사는 받아야 하지만 밀착 접촉자로 분류되지 않았다.

서희에게 돌아가라고 소리를 질렀지만 서희는 그럴 수 없다고 했다. 나는 마스크를 두 개 겹으로 썼다. 그날 오후, 난 산본에서 꽤 떨어진 다른 지방의 한 요양병원으로 가야 한다고 연락이 왔다.

요양병원.

몇 년 전 요양병원에 잠시 머물게 된 동창을 병문안하러 몇 번 간 적이 있다. 동창은 가벼운 교통사고를 당했는데 일반 병원에서 치료받은 후 아직 거동이 불편한 상태라 돌봐줄 사람이 없는 집으로 가지 않고 요양병원으로 가게 되었다. 자녀 둘 다 해외에 있었다. 아들은 아이들 교육 문제로 미국에서 살고 있고, 딸은 싱가포르 주재원에서 근무하는 남편을 따라 그곳에서 살고 있다고 했다.

요양병원을 들어섰을 때 코끝을 스친 그 냄새를 잊을 수 없다. 어디서도 맡지 못했던 그 냄새의 정체는 무엇일까 생각해 보았다. 얼마 지나지 않아 그 냄새는 참 서글픈 냄새구나, 라는 생각이 들었다. 그 냄새에는 생기가 없었다. 생기 있는 삶에서는 풍길 수 없는 냄새였다.

동창이 있는 병실은 5인실인가로 기억된다. 그 병실에서 동창이 유일하게 정신이 맑은 환자였다. 침대에 누워 병실의 모든 것을 꼼짝없이 관찰하게 된 동창은 그곳의 삶은 서글프다고 했다.

"이곳은 해가 머무는 곳 같지 않아. 날짜의 개념이 사라지는 곳이야. 정서적 감각은 무뎌지고 얼굴의 표정은 없어지지. 내가 대화할 사람은 우리 방 간병인뿐인데 뭘 부탁하면 요구사

항이 많다면서 쌀쌀맞게 굴어. 외로워. 병 고치러 왔다가 우울증 걸려 나갈 것 같아."
주위를 둘러보았다.
음식을 삼키지 못해 호스 관을 통해 영양을 공급받고 있는 사람, 누워서 천장만 바라보고 있는 사람, 무슨 말을 웅얼거리며 반복적으로 말하고 있는 사람, 그 사람들 모두 표정이 없었다. 생기 없는 냄새는 그 무표정으로부터 비롯된 것이었다.

요양병원으로 가야 한다는 소식을 들었을 때 그때 그 냄새가 떠올랐다. 가고 싶지 않았다. 두려웠다. 보건소 직원에게 재택 치료를 하고 싶다고 말했다. 하지만 나이가 많아서 가야 한단다. 나의 마음을 읽은 서희가 보건소에 전화를 걸어 다시 부탁했지만 나이가 많은 분들은 갑자기 응급상황이 올 수도 있기 때문에 바로 대응이 가능한 병원에 있는 것이 안전하다고 했다. 병원 자리도 거의 없는 상황이라 오늘 안 가면 한참 기다려야 할 수도 있다고 지체하지 말라며 오히려 핀잔이 돌아왔다.

서희가 긴장감이 가득한 얼굴로 보건소에서 안내해 준 대로 짐을 쌌다. 나도 평정심을 잃은 채 얼굴이 붉게 상기되었다. 뭘 준비해서 가야 할지 손에 잡히지도 않았고 상황이 어떤 식으로 전개될지도 가늠이 되지 않았다. 얼마 지나지 않아 구급차가 도착했다고 전화가 왔다.
방을 나서며 서희에게 떨리는 소리로 말했다.
"작은방 장롱 맨 아래쪽 서랍에 금고가 있을 거야. 거기에 보석함 있어. 반지, 목걸이 거기 다 모아놨어. 그리고 그 안에 보험 증서랑 비상금으로 모아 놓은 현금도 있어. 비밀번호는 아빠 생일."
"엄마 도대체 무슨 소리를 하는 거야? 제발...."
서희가 울부짖으며 말했다.
"우리 건강하게 며칠 있다 보자. 감기 같은 거야. 이겨낼 수 있어. 나도 격리 잘하고 매일 전화할게."
서희가 나를 뜨겁게 안았다.

서희가 짐을 들고 아래층까지 따라 내려왔다.
구급차 옆에 방호복을 입은 사람이 서 있었다. 서희가 그 사람한테 엄마를 잘 부탁드린다고 거듭 말하며 고개를 숙였다.
차에 올라타 의자에 앉았다. 대부분의 공간을 침대가 차지하고 있어 의자는 매우 작았다.
창으로 서희를 바라보았다. 서희가 두려움에 찬 눈으로 나를 보내지 못하고 있다.
마음이 아프다.

서희도 격리가 된다.
서희는 괜찮겠지.
마음이 너무 아프다.

차는 빠르게 달렸다. 의자가 너무 작아 불편했고 잠을 곳이 없어 불안하고 가슴이 울렁거렸지만 아무 말도 하지 않았다. 저들에게는 내가 불편한 존재일 것이다.

두려웠던 요양병원에 도착했다.
들어서자 이곳에서도 몇 년 전 그곳의 냄새가 났다.
배정받은 병실은 4인실이었다. 간호사는 이 병실이 의식이 있고 증상이 심하지 않은 환자들만 있는 곳이라고 했다. 다들 나이가 많아 보인다.
음압 병실은 소음이 꽤나 크게 났다. 잠자리에 예민한 내가 과연 이곳에서 잘 잘 수 있을까?

한 사람은 늦은 시간에 그리고 이른 새벽에 TV를 크게 틀었다. 볼륨을 줄여줄 수 있겠냐고 물었다. 그녀는 어떤 망설임도 없이 말했다.
"안 되겠는데요."

한 사람은 가방에 있는 옷을 다 꺼내 공중에 턴 후 정갈히 개서 가방 안에 넣고 다시 같은 동작을 반복하고 또 반복하고 했다. 간호사가 치매 환자라고 했다. 그녀에게 전화가 종종 왔다. 남편과 딸인 듯했다. 그녀가 말했다.
"여기 놀러 와."
상대방은 가고 싶어도 갈 수 없다고 말한 듯하다. 그녀는 코로나가 무엇인지 인지하지를 못했다. 마스크도 자꾸 벗으려 했다.
"놀러 와. 여기 오는 길 어렵지 않아. 나 좀 데리고 가. 가방 다 싸놨어."
그녀는 계속해서 가방 싸기를 멈추지 않았다.

한 사람은 이 방에서 가장 나이가 많아 보였는데 침대에서 거의 일어나지를 않았다. 의식은 또렷해 보였는데 거동이 불편한 듯 보였다. 식사도 거의 하지 않았다. 전화가 오는 곳도 없었다. 걱정돼서 식사를 권해 봤지만 아무 말도 하지 않았다. 생기 없는 눈으로 천장을 바라볼 뿐이었다. 그녀가 걱정되었다.

나는 열이 내렸지만 여전히 목이 아팠고 부어 있었다. 목소리에서 쇳소리가 났다. 두려운 그 냄새는 입원한 다음 날부터 맡을 수 없었다. 간호사가 후각, 미각이 상실되었는데 그것이 코로나의 주요 증상이라고 알려주었다. 식사는 괜찮게 나왔지만 어떤 맛도 느낄 수 없었다. 어떤 치료제를 장시간 투약 받았다. 무기력감이 몰려들었다. 어렵게 찾은 나의 새로운 자아가 나한테서 멀어지고 있는 것 같았다. 내 마음속 음악의 볼륨이 다시 줄어들었다. 손을 뻗어 키우려고 했지만 힘에 부쳤다. 무기력한 모습으로 침대에 누워 있었다.

서희의 검사 결과는 다행히도 음성으로 나왔다. 하지만 밀착 접촉자이기 때문에 일정 기간 격리는 필수였다. 미안해서 눈물이 났다. 서희는 하루에 몇 번씩 전화를 걸어 나의 상태를 확인하고 용기를 줬다. 다른 아이들한테서도 매일 전화가 왔다. 입맛이 없다고 하자 입맛 돋게 할 반찬들과 과일들, 간식거리를 보내왔다. 미각이 상실되어 맛있는 음식들이 소용없다고 하자 영양 주사를 맞혀 주었다. 소음 때문에 잠을 이룰 수 없다고 하자 음악을 들으라고 헤드셋을 보내왔다. 그리고 나의 글과 모델 활동을 기다리는 사람들의 응원 소식도 들려주었다. 언니들의 전화에도 그들의 사랑이 듬뿍 묻어났다.

힘을 내자. 백신 접종도 했고 치료제도 맞았으니까 괜찮을 거야. 이렇게 며칠만 참으면 돌아갈 수 있을 거야. 가족과 나를 아끼는 사람들의 온기를 잊지 말자. 나의 마음속 음악 볼륨을 다시 키울 수 있을 거야.

나와의 대화를 치열하게 했던 그날 밤이었다. 그날 점심 배탈이 나서 저녁은 거의 먹지도 않았다. 기운이 없어 일찍 잠자리에 들었는데 잠이 오질 않았다. TV에서는 드라마가 나오고 있었지만 보고 싶은 생각이 없었다. 애써 잠자려고 몸을 좌우로 뒤척거렸다. 그런데 그때 갑자기 가슴의 통증이 밀려왔다. 이런 증상이 백신 1차 접종 후에도 몇 번 있어서 병원에 다녔었는데 의사는 원인을 알 수 없다고 했다. 요양병원에 와서 치료제를 투약 받는다고 할 때 또 그런 증상이 나타날까 봐 두려웠다. 가슴이 조여와서 몸을 움츠리면서 한 손으로는 간호사 호출 버튼을 찾았다. 증상을 들은 간호사는 금방 약을 들고 다시 나타났다. 약을 먹은 후 어느새 나도 모르게 잠의 세계로 빠져버렸다.

나는 어느 푸른 초원에 있었다. 드넓은 초원이었다.
나는 그 초원에서 몸을 웅크리고 앉아 있었다. 가슴 주위로 실 같은 것이 얽혀 있어 보였다. 얽힌 것을 풀고 싶어 손을 갖다 댔지만 손이 자꾸 미끄러졌다. 또 시도했지만 힘에 부쳤다. 다시 몸을 웅크렸다. 그때 무슨 소리가 들렸다.
"일어나면 풀 수 있어요."
서희 목소리 같기도 하고 하이 목소리 같기도 했다. 아니 서현이나 서준이 같기도 했다. 주위를 둘러봤는데 아무도 없었다. 다시 몸을 웅크렸다.
또다시 목소리가 들렸다.
"일어나서 가슴을 펴요."
"천천히 일어나 봐요."
나는 용기를 내서 천천히 일어났다.
무릎을 펴고 허리를 펴고 그리고 가슴을 폈다.
"더 활짝 펴요."
호흡을 크게 하고 다시 가슴을 활짝 폈다.
가슴을 활짝 펴고 뭐라고 말을 했는데 그때 비가 왔다. 비가 대지에 닿을 때마다 음악이 흘렀다. 가슴을 보았는데 얽혀 있던 실 같은 것이 풀어지면서 사라졌다.
나는 머리를 들고 입술에 비를 적셨다. 갈증이 해소되는 것 같고 몸은 날듯 가벼운 느낌이 들었다.

기분 좋게 입맛을 다시고 있는데 무슨 소리에 잠이 깼다. TV 중독인 옆자리 사람이 일찍 잠이 깨어 TV를 튼 것이다. 하지만 기분이 나쁘지 않았다.
침대에서 몸을 쭉쭉 늘렸다.
침대에서 일어났다.
침대 옆에 섰다.

체조를 했다.
헤드셋을 꼈다.
음악이 흐르면서 내 몸을 휘감았다.
발로 스텝을 밟았다.
몸이 음악을 따라 움직였다.
리듬에 내 몸을 맡겼다.
난 춤을 추었다.

옆자리의 사람이 힐끗 쳐다보더니 TV 볼륨을 더 높였다.
앞자리의 천장만 쳐다보던 사람이 고개를 돌려 한동안 나를 쳐다보았다.
저 건너의 치매 걸린 사람이 내 앞으로 와서 나를 따라 춤을 추었다.

난 나에게 집중했다.
내 마음의 음악이 멈추지 않기를 소망했다.
그래, 내 마음속 음악은 아직 흐르고 있다.

아침 식사가 들어온다.
미역국 냄새가 날아올라 코를 살짝 스쳤다.
국물 맛을 보았다. 살짝 맛이 느껴진다.

생계란 넣은 미역국을 먹고 싶다.

병원으로 온 지 9일이 되었다. 열은 더 이상 오르지 않은 채로 유지되었다. 기침도 잦아들었다. 아직 목소리는 깨끗하지 않다. 목에 염소 한 마리가 살고 있는 것 같다. 간호사가 나의 상태가 빠르게 호전되고 있다고 했다. 조만간 검사를 다시 하고 결과가 좋으면 퇴원할 수 있을 거라고 했다.
다음 날 아침 나의 피를 뽑아 갔고 얼마 후 연락받았다. 내일 퇴원이라고.

옆자리의 여자는 자기는 보름이 넘었는데 왜 안 내보내 주냐며 소리를 질렀다. 치매 걸린 사람은 여전히 가방을 풀고 또 싸기를 반복하고 있다. 한 번은 내가 가방 만지지 않고 잘 먹고 잘 자고 있으면 가족이 데리러 올 것이라고 말해줬다. 그녀는 정말?, 하면서 가방 싸기를 멈추더니 내 침대 앞으로 와서는 감사합니다, 하고 고개를 90도로 숙이고 돌아갔다. 그날만은 더 이상 가방을 싸지 않았다. 하지만 다음날 가방 싸기는 또 계속됐다. 침대에만 누워있는 어르신은 여전히 움직이지 않는다. 여전히 말도 하지 않고 TV도 보지 않는다. 침대 옆 탁자에 서준이가 보내 준 먹기 좋게 잘라 놓은 망고와 멜론 몇 조각을 올려놨다. 목욕을 하고 돌아와서 보자 과일 그릇이 비어 있었다. 어르신이 고개를 돌리고 살짝 숙여 인사했다. 그리고 연한 미소를 지었다. 미소가 따듯했다. 저 어르신이 표정 없는 사람이 되지 않기를.

퇴원하는 날 아침, 나의 모든 소지품은 소각되었다.
코로나는 나를 잠시 멈추게 했지만 나의 음악을 끄지는 못했다. 아니 내가 끄지 않았다.
나는 내가 궁금하다.
아직 나를 잘 모른다.
나를 더 만나고 싶다.

병원 앞에서 나를 기다리고 있는 사람은 하이였다.
나를 보자마자 하이는 밝게 웃었다. 그리고 나를 안았다.
품이 따스했다.
품이 편안했다.
하이가 서현이가 만든 옷이라며 코트를 건네줬다.
몸을 휘감는 코트가 포근했다.

차가 출발한다.
드디어 이곳을 떠난다.
나의 집으로 간다.

하이가 음악을 틀었다.
차창 밖 푸른 신록은 어느새 단풍이 들었다.
"하이야, 엄마 마음엔 아직 음악이 흐른단다."
"하하, 제가 엄마 음악 얼마나 좋아하게요."

차창 밖으로 넓게 단풍 든 풍경이 계속 펼쳐진다.
"우리 어디로 가? 집으로 가는 길이 아닌 것 같은데."
"엄마의 공간으로요. 거기서 모두 기다리고 있어요."

그리웠던 나만의 집, 나의 공간에 도착했다.
집 굴뚝에는 연기가 나고 있다.
나의 공간이 사람들로 가득 찼다.
하이가 인기척을 내려 하자 내가 멈추게 했다.
가만히 서서 그리운 풍경을 바라보았다.

아이들이 보인다. 서준이가 장작을 패고 있다. 매력적인 남편의 모습을 그대로 닮았다. 서희가 채소를 씻고 있다. 건강해 보여 다행이다. 서현이가 불을 피우고 있다. 여전히 씩씩해 보인다. 오랜만에 보는 사위 제임스의 얼굴이 반갑다. 바비큐 준비를 하고 있다. 몸뻬마저 세련되게 소화하는 며느리는 평상을 닦고 있다. 주름살이 조금 더 늘어난 정다운 언니의 얼굴도 보인다.

감나무의 감은 먹음직스럽게 익었다.
나를 제일 먼저 발견한 사람은 마당에서 뛰놀던 손주 녀석들이다. 쌍둥이가 할머니, 하면서 뛰어와 안겼다.

계속해서 마음을 떠나지 않던 질문이 다시 내게 와 물었다.
여기가 거기니?
당신이 있어야 할 곳, 당신이 원하던 곳
여기가 거기니?

그래.
내가 있어야 할 곳, 내가 원하던 곳
여기가 거기야.

바로
여기가 거기야.

아무도 나에게
생활비를 주지
않는다.

1판 1쇄 발행 2022년 8월 16일
1판 3쇄 발행 2024년 4월 30일

지은이   이종은

발행인   이종은
디자인   이창욱
펴낸곳   캘리포니아미디어
등록   2007년 4월 12일 제2007-5호
전화   070-8065-7427
팩스   0504-470-0237
메일   jelhouse@gmail.com

ISBN   978-89-959598-2-4 03810

ⓒ 2022 이종은

책 내용을 이용하려면 저작권자와 캘리포니아미디어의 동의를 받아야 합니다.
잘못된 책은 바꾸어 드립니다.
정가는 뒤표지에 있습니다.